MORTEL RODÉO

SCÉNARIO PELAEZ DESSIN STASSI
COULEURS FLORENT DANIEL STORYBOARD MARC BOURGNE

GRATON

La série « Julie Wood » est une œuvre de fiction qui, si elle se veut réaliste et digne de l'héritage de Jean Graton, n'en prend pas moins les libertés propres au genre. Les propos, opinions, personnes, marques, lieux, péripéties et autres faits qui y sont présentés se veulent autant un lien avec la réalité que le fondement de ce que les auteurs imaginent librement, et doivent être compris comme tels.

Scénario de Philippe Pelaez
Dessins de Claudio Stassi
Couverture de Claudio Stassi
Couleurs de la couverture de Bruno Tatti
Storyboard de Marc Bourgne
Mise en couleur de Florent Daniel
Lettrage et montage des planches de Claude Hauwaert

D'après les personnages créés par Jean, Francine et Philippe Graton.

Merci à l'équipe des réseaux Auto sécurité et Sécuritest,
à l'équipe BMW Motorrad France de Sylvain Vaquez, Juliette Gueroult et Adrien Cretté,
à l'équipe BMW Motorrad Belux d'Emmanuelle Vanden Wyngaerdt et Anthony Masselis,
et à Nina Jovanovic et Mathilde Cherel de Dices pour leur travail sur la campagne de lancement sur KKBB.

Merci à @Alexandralabelge et un grand merci à Elsa de m'avoir mis en contact avec Philippe Pelaez.
Denis Lapière

Merci à Elsa, Denis, Jean-Louis et à l'enthousiaste équipe Dupuis pour cette formidable opportunité.
Un grand bravo à Claudio, Marc et Florent pour leur travail acharné et leur grand talent : ce fut jubilatoire !
Cet album est dédié aux fans de Julie et à tous les motards :
eux-seuls savent pourquoi un chien passe la tête par la fenêtre de la voiture.
Philippe

PREMIÈRE ÉDITION
D.2025/0089/039
Dépôt légal : février 2025.
ISBN : 978-2-3906-0200-2

Graton éditeur s.a., rue Destrée 52, 6001 Marcinelle, Belgique.
Imprimé par PPO, rue de la Croix Martre 10, 91120 Palaiseau, France.
Achevé d'imprimer en janvier 2025.

www.michelvaillant.com
www.dupuis.com

PEFC
10-31-1800
Certifié PEFC
Ce produit est issu de forêts gérées durablement et de sources contrôlées
www.pefc-france.org

OUBLIEZ TOUT CE QUE VOUS SAVEZ SUR LA MOTO...
VROOO VROOOOOAR
VROOOOA
OUBLIEZ LES HARLEYTISTES, LES HIPSTERS BRANCHÉS, LES FANATIQUES DE LA ROUTE OU LES ACHARNÉS DE LA VITESSE...
VROOOOOAW
VROOOO
VROOOOOAW
?
OUBLIEZ LES BOTTES DE MOTO, LES AIGLES SUR LE DOS ET TOUTES LES MARIE-LOU EN LARMES...
CAR LES ADEPTES DE LA "BIKE LIFE" PRÉFÉRERONT, À TOUTES LES FILLES DU MONDE, LEUR CHIENNE DE MOTO.

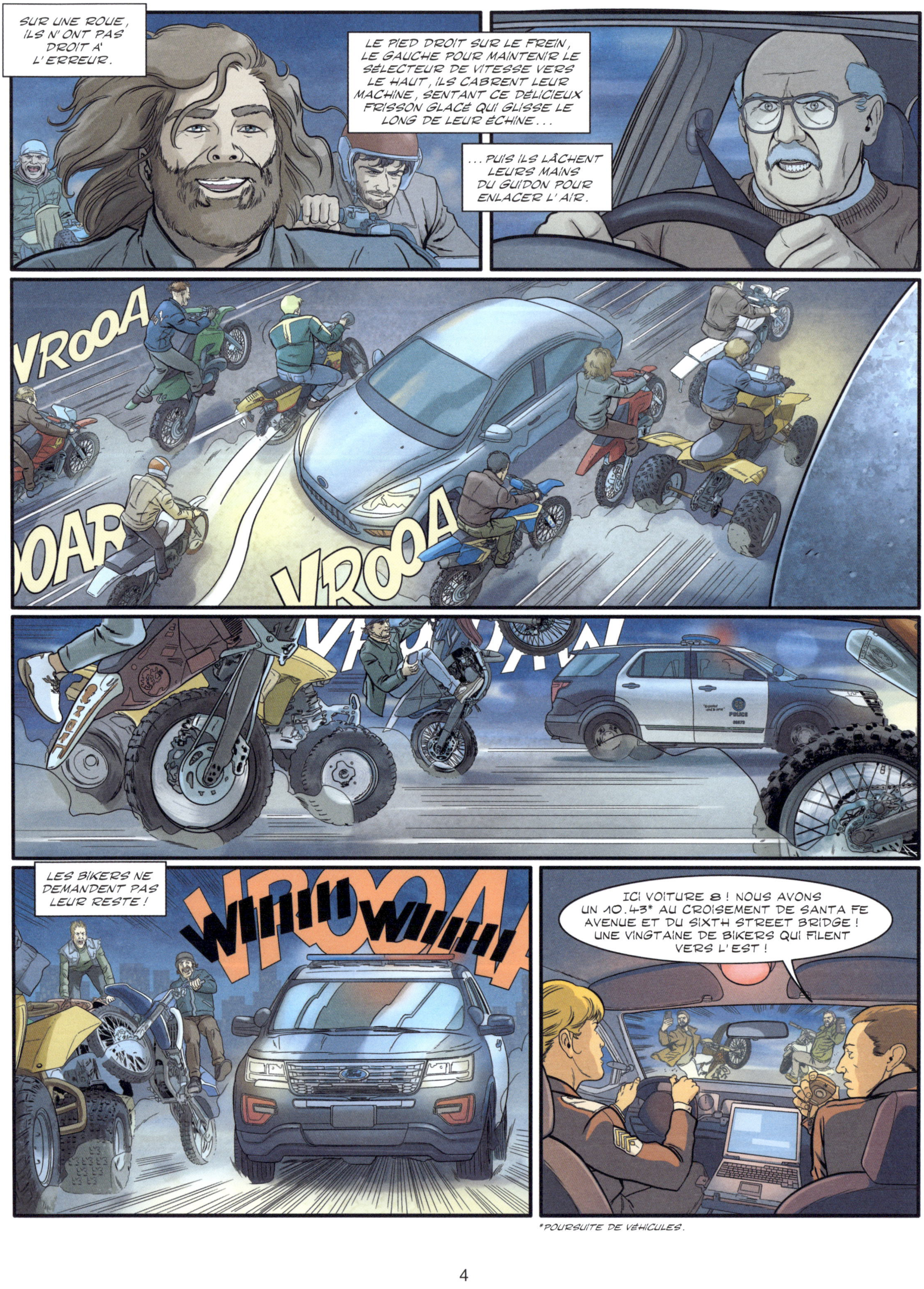

*POURSUITE DE VÉHICULES.

*EN POSITION D'INTERCEPTER. **LOS ANGELES POLICE DEPARTMENT.

DO NOT CROSS
DO NOT CROSS
DO NOT CROSS
DO NOT
BANDE DE SALAUDS !! C'EST VOUS QUI L'AVEZ TUÉ !!
ALORS ?
C'EST FINI, IL EST MORT.
MAIS IL Y A QUELQUE CHOSE QUI NE COLLE PAS. CE N'EST PAS LA CHUTE QUI L'A TUÉ.
?
IL A REÇU UNE BALLE EN PLEINE TÊTE ...
?!!

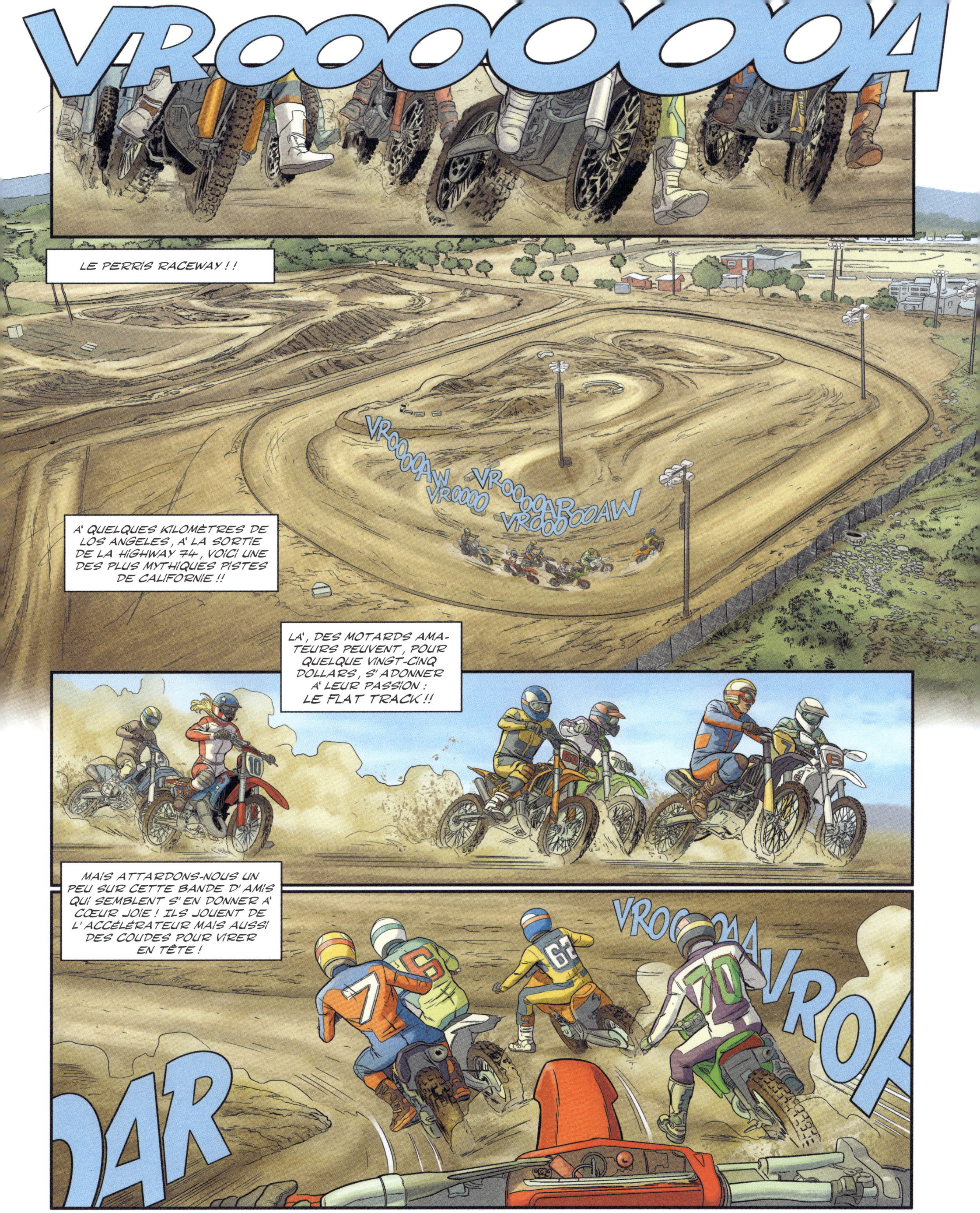
VROOOOOOA
LE PERRIS RACEWAY ! !
VROOOOAW
VROOOO
VROOOOAR
VROOOOOOAW
A' QUELQUES KILOMÈTRES DE LOS ANGELES, A' LA SORTIE DE LA HIGHWAY 74, VOICI UNE DES PLUS MYTHIQUES PISTES DE CALIFORNIE !!
LA', DES MOTARDS AMATEURS PEUVENT, POUR QUELQUE VINGT-CINQ DOLLARS, S'ADONNER A' LEUR PASSION : LE FLAT TRACK !!
MAIS ATTARDONS-NOUS UN PEU SUR CETTE BANDE D'AMIS QUI SEMBLENT S'EN DONNER A' CŒUR JOIE ! ILS JOUENT DE L'ACCÉLÉRATEUR MAIS AUSSI DES COUDES POUR VIRER EN TÊTE !

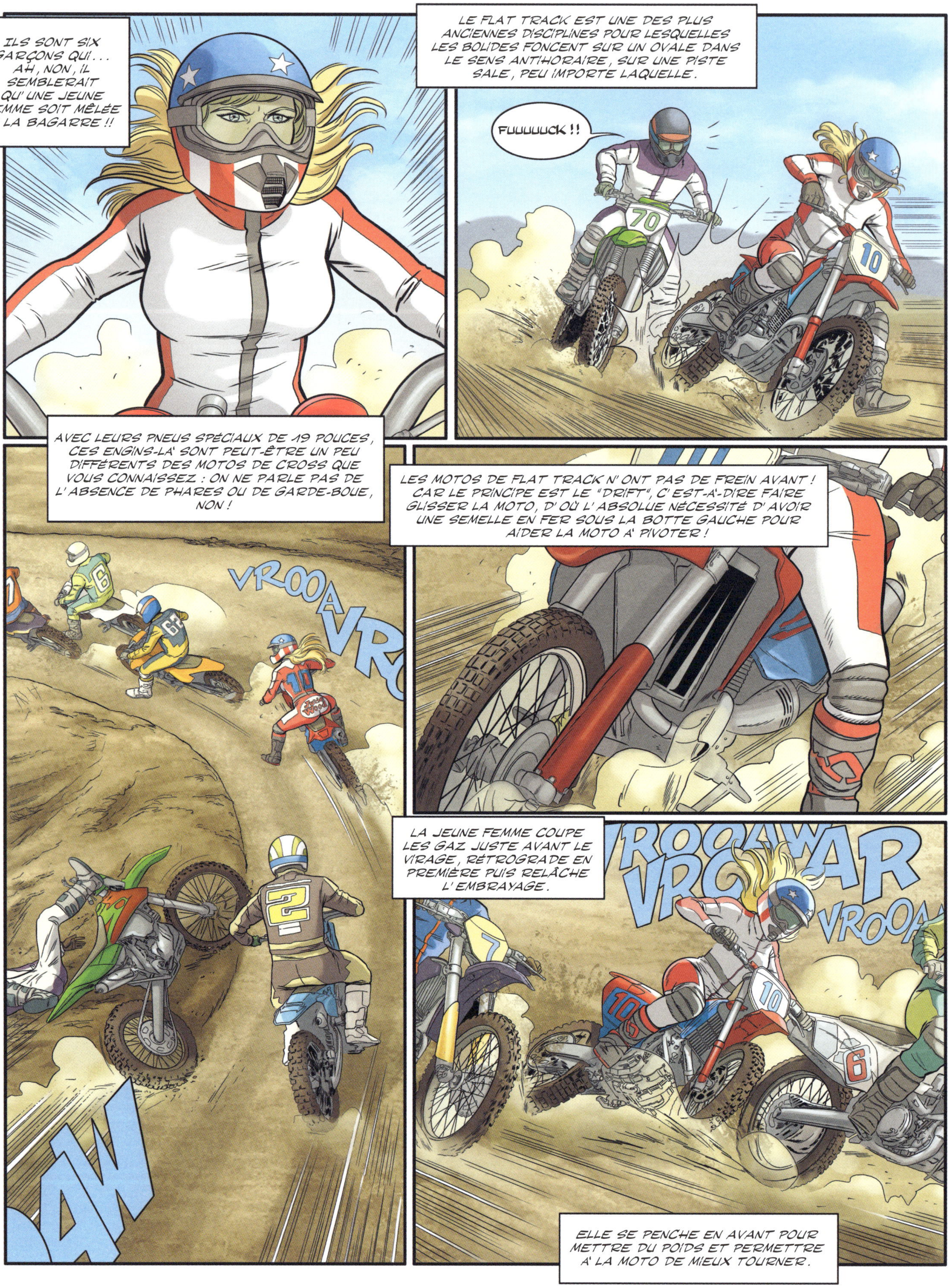
ILS SONT SIX GARÇONS QUI... AH, NON, IL SEMBLERAIT QU'UNE JEUNE FEMME SOIT MÊLÉE À LA BAGARRE !!
LE FLAT TRACK EST UNE DES PLUS ANCIENNES DISCIPLINES POUR LESQUELLES LES BOLIDES FONCENT SUR UN OVALE DANS LE SENS ANTIHORAIRE, SUR UNE PISTE SALE, PEU IMPORTE LAQUELLE.
FUUUUUCK !!
AVEC LEURS PNEUS SPÉCIAUX DE 19 POUCES, CES ENGINS-LÀ SONT PEUT-ÊTRE UN PEU DIFFÉRENTS DES MOTOS DE CROSS QUE VOUS CONNAISSEZ : ON NE PARLE PAS DE L'ABSENCE DE PHARES OU DE GARDE-BOUE, NON !
VROOA
VRO
OAW
LES MOTOS DE FLAT TRACK N'ONT PAS DE FREIN AVANT ! CAR LE PRINCIPE EST LE "DRIFT", C'EST-À-DIRE FAIRE GLISSER LA MOTO, D'OÙ L'ABSOLUE NÉCESSITÉ D'AVOIR UNE SEMELLE EN FER SOUS LA BOTTE GAUCHE POUR AIDER LA MOTO À PIVOTER !
LA JEUNE FEMME COUPE LES GAZ JUSTE AVANT LE VIRAGE, RÉTROGRADE EN PREMIÈRE PUIS RELÂCHE L'EMBRAYAGE.
VROOAWAR
VROOAR
VROOA
ELLE SE PENCHE EN AVANT POUR METTRE DU POIDS ET PERMETTRE À LA MOTO DE MIEUX TOURNER.

*GAMINE !

**POINT DE CORDE.

*AMERICAN FLAT TRACK.

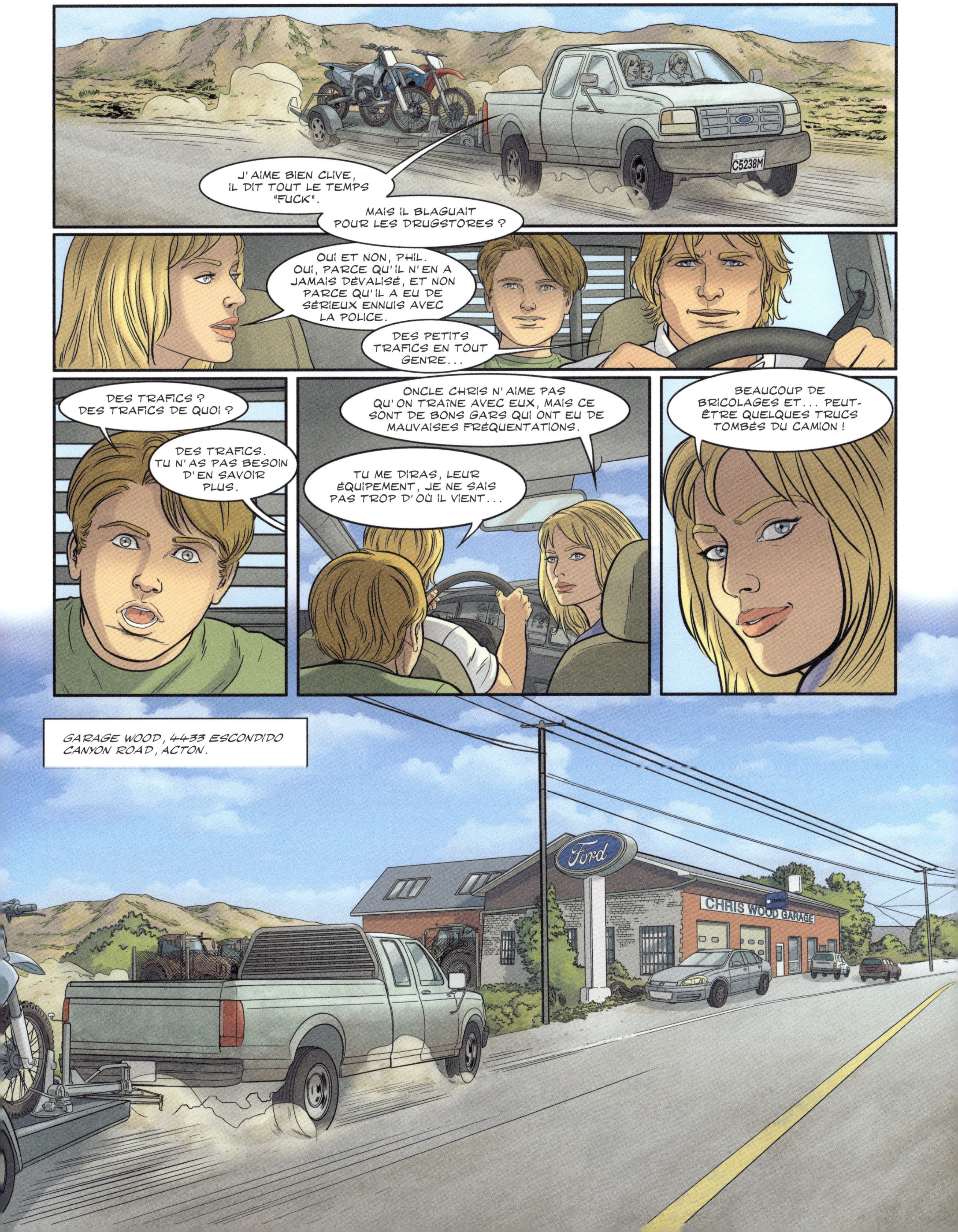

J'AIME BIEN CLIVE, IL DIT TOUT LE TEMPS "FUCK".
MAIS IL BLAGUAIT POUR LES DRUGSTORES ?
OUI ET NON, PHIL. OUI, PARCE QU'IL N'EN A JAMAIS DÉVALISÉ, ET NON PARCE QU'IL A EU DE SÉRIEUX ENNUIS AVEC LA POLICE.
DES PETITS TRAFICS EN TOUT GENRE...
DES TRAFICS ? DES TRAFICS DE QUOI ?
DES TRAFICS. TU N'AS PAS BESOIN D'EN SAVOIR PLUS.
ONCLE CHRIS N'AIME PAS QU'ON TRAÎNE AVEC EUX, MAIS CE SONT DE BONS GARS QUI ONT EU DE MAUVAISES FRÉQUENTATIONS.
TU ME DIRAS, LEUR ÉQUIPEMENT, JE NE SAIS PAS TROP D'OÙ IL VIENT...
BEAUCOUP DE BRICOLAGES ET... PEUT-ÊTRE QUELQUES TRUCS TOMBÉS DU CAMION !
GARAGE WOOD, 4433 ESCONDIDO CANYON ROAD, ACTON.
Ford
CHRIS WOOD GARAGE
C5238M

ONCLE CHRIS ?!
LES ENFANTS !
DÉTECTIVES, JE VOUS PRÉSENTE MA NIÈCE JULIE ET MES DEUX NEVEUX, INDY ET PHIL.
QUE SE PASSE-T-IL, ONCLE CHRIS... ?
C'EST À CAUSE DE CLIVE ? IL N'A RIEN TRAFIQUÉ ET N'A PAS DÉVALISÉ DE DRUGSTORE !
?!
ENFIN, PAS ENCORE, HEIN, INDY ?
ARRÊTE DE DIRE DES BÊTISES ET VIENS PAR ICI, PHIL...
AH, LES GOSSES !
IL Y A EU UN SOUCI AVEC DES MOTARDS IL Y A QUELQUES JOURS, AU CENTRE-VILLE DE LOS ANGELES. UNE PATROUILLE DE POLICE A PRIS EN CHASSE UNE BANDE DE BIKERS QUI S'ADONNAIENT À CE... CE...
ZUT, ORLAND, COMMENT ON APPELLE ÇA DÉJÀ ?
DU "WHEELING". C'EST LA "BIKE LIFE" : FAIRE DES ROUES ARRIÈRE EN BANDE, EN PLEIN CENTRE-VILLE, EN SE METTANT NON SEULEMENT EUX-MÊMES EN DANGER, MAIS AUSSI LES PASSANTS.
OUI, NOUS FAISONS DE LA MOTO, NOUS AUSSI, NOUS SAVONS DE QUOI VOUS PARLEZ. MAIS EN QUOI CELA NOUS CONCERNE-T-IL ?
LA POURSUITE S'EST MAL TERMINÉE.
L'UN DES MOTARDS A CHUTÉ ET N'A PAS SURVÉCU.

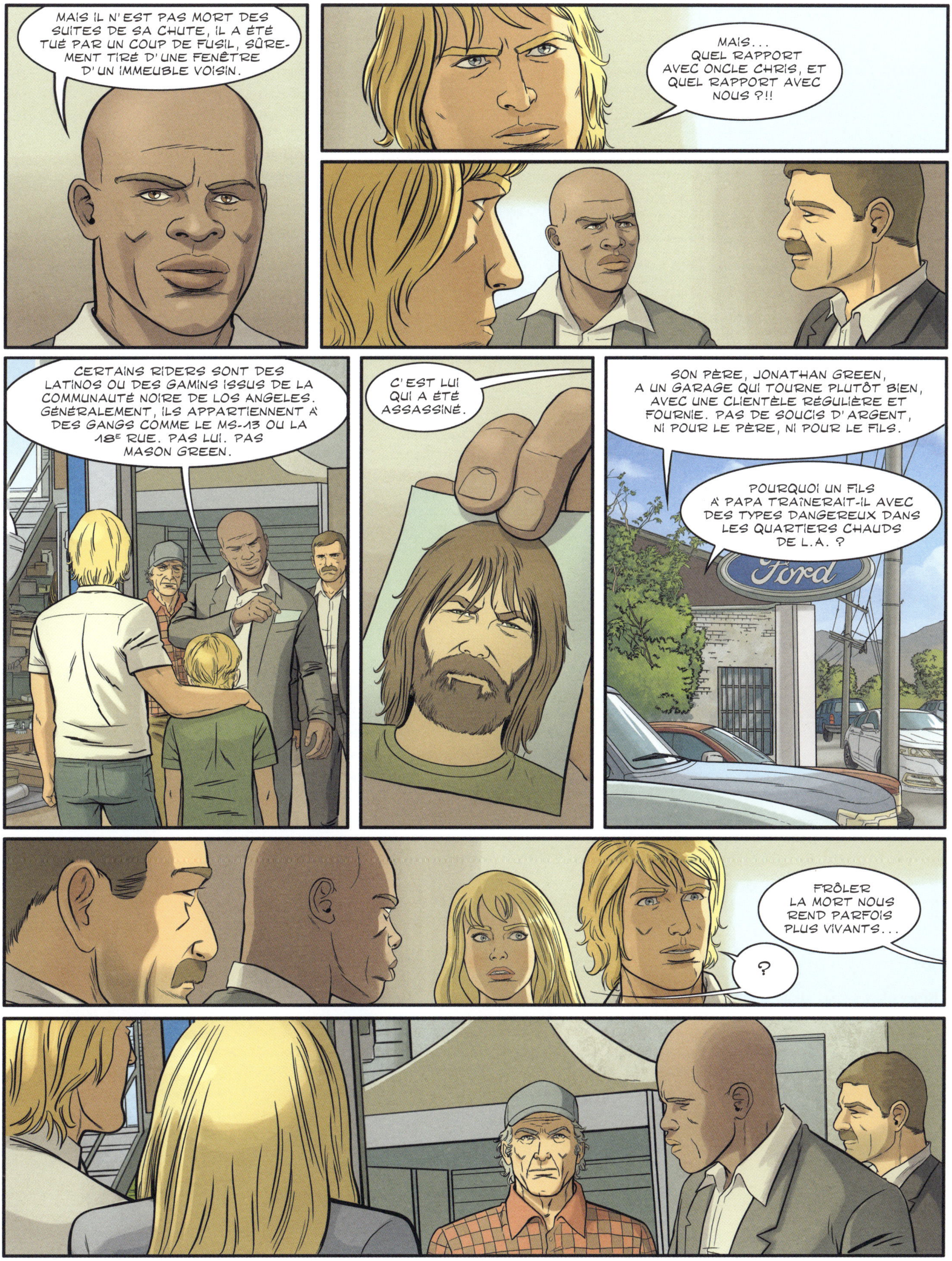
MAIS IL N'EST PAS MORT DES SUITES DE SA CHUTE, IL A ÉTÉ TUÉ PAR UN COUP DE FUSIL, SÛREMENT TIRÉ D'UNE FENÊTRE D'UN IMMEUBLE VOISIN.
MAIS... QUEL RAPPORT AVEC ONCLE CHRIS, ET QUEL RAPPORT AVEC NOUS ?!!
CERTAINS RIDERS SONT DES LATINOS OU DES GAMINS ISSUS DE LA COMMUNAUTÉ NOIRE DE LOS ANGELES. GÉNÉRALEMENT, ILS APPARTIENNENT À DES GANGS COMME LE MS-13 OU LA 18E RUE. PAS LUI. PAS MASON GREEN.
C'EST LUI QUI A ÉTÉ ASSASSINÉ.
SON PÈRE, JONATHAN GREEN, A UN GARAGE QUI TOURNE PLUTÔT BIEN, AVEC UNE CLIENTÈLE RÉGULIÈRE ET FOURNIE. PAS DE SOUCIS D'ARGENT, NI POUR LE PÈRE, NI POUR LE FILS.
POURQUOI UN FILS À PAPA TRAÎNERAIT-IL AVEC DES TYPES DANGEREUX DANS LES QUARTIERS CHAUDS DE L.A. ?
Ford
FRÔLER LA MORT NOUS REND PARFOIS PLUS VIVANTS...
?

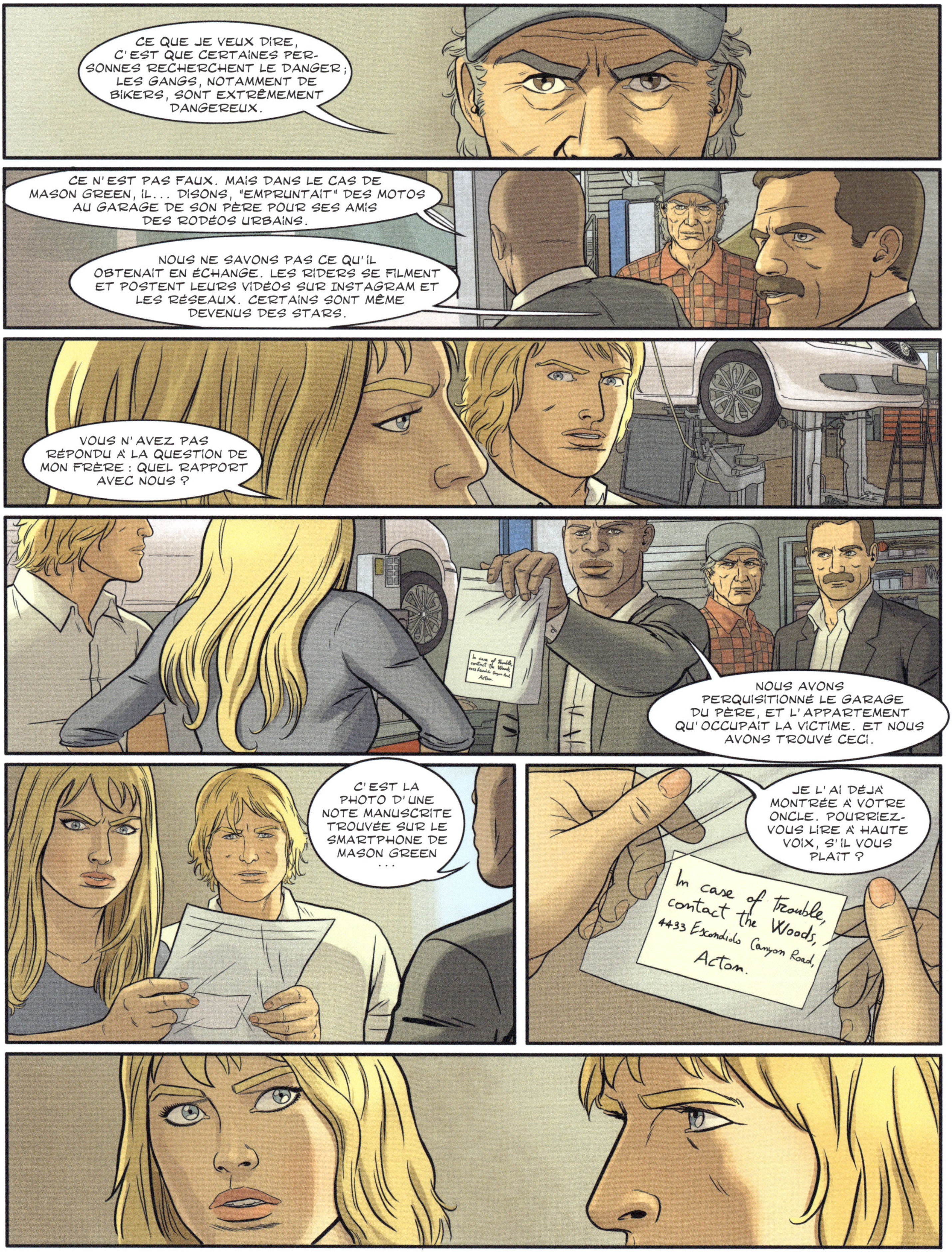
CE QUE JE VEUX DIRE, C'EST QUE CERTAINES PERSONNES RECHERCHENT LE DANGER ; LES GANGS, NOTAMMENT DE BIKERS, SONT EXTRÊMEMENT DANGEREUX.
CE N'EST PAS FAUX. MAIS DANS LE CAS DE MASON GREEN, IL... DISONS, "EMPRUNTAIT" DES MOTOS AU GARAGE DE SON PÈRE POUR SES AMIS DES RODÉOS URBAINS.
NOUS NE SAVONS PAS CE QU'IL OBTENAIT EN ÉCHANGE. LES RIDERS SE FILMENT ET POSTENT LEURS VIDÉOS SUR INSTAGRAM ET LES RÉSEAUX. CERTAINS SONT MÊME DEVENUS DES STARS.
VOUS N'AVEZ PAS RÉPONDU À LA QUESTION DE MON FRÈRE : QUEL RAPPORT AVEC NOUS ?
NOUS AVONS PERQUISITIONNÉ LE GARAGE DU PÈRE, ET L'APPARTEMENT QU'OCCUPAIT LA VICTIME. ET NOUS AVONS TROUVÉ CECI.
C'EST LA PHOTO D'UNE NOTE MANUSCRITE TROUVÉE SUR LE SMARTPHONE DE MASON GREEN...
JE L'AI DÉJÀ MONTRÉE À VOTRE ONCLE. POURRIEZ-VOUS LIRE À HAUTE VOIX, S'IL VOUS PLAÎT ?
In case of trouble, contact the Woods, 4433 Escondido Canyon Road, Acton.

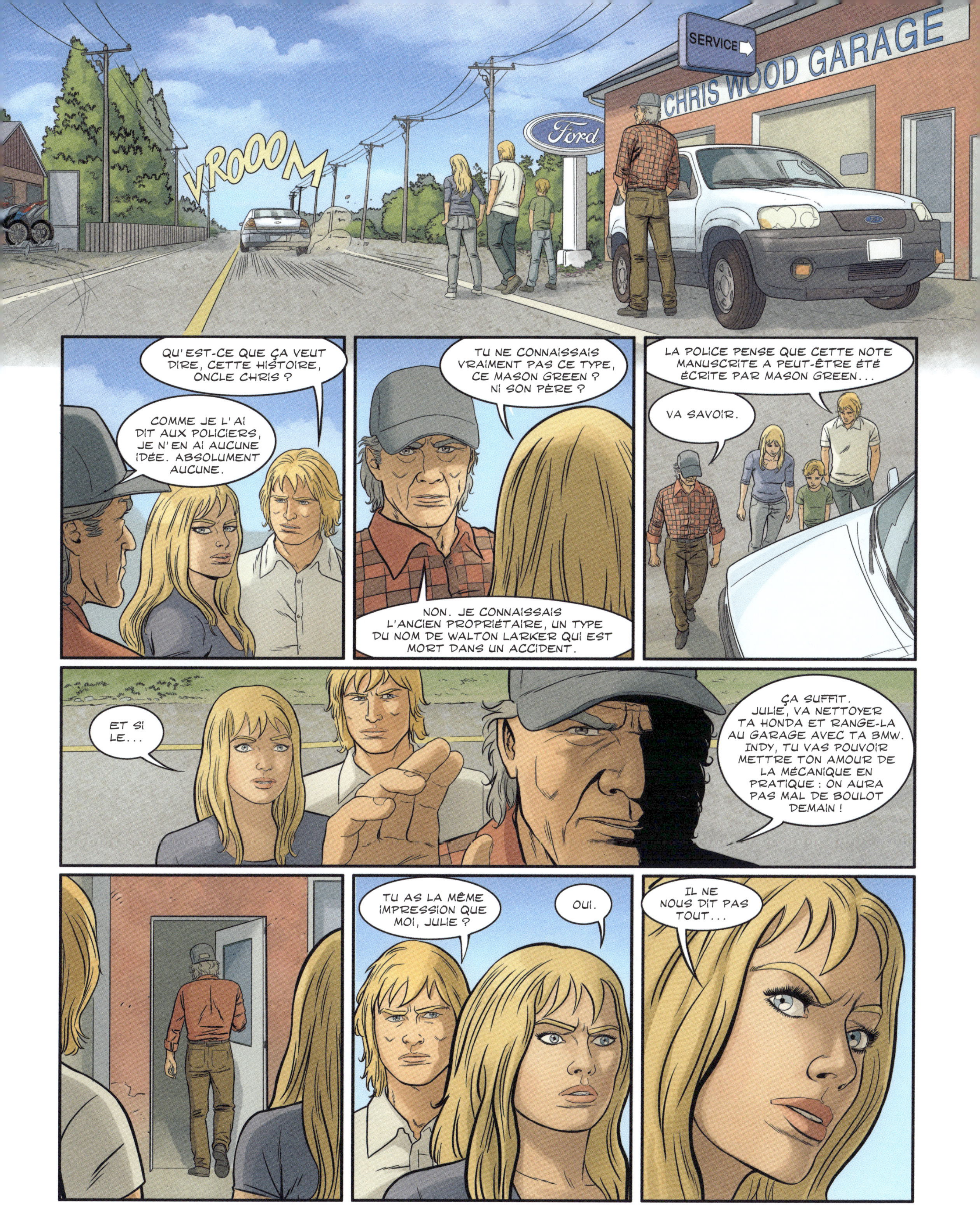
SERVICE
CHRIS WOOD GARAGE
Ford
VROOOM
QU'EST-CE QUE ÇA VEUT DIRE, CETTE HISTOIRE, ONCLE CHRIS ?
COMME JE L'AI DIT AUX POLICIERS, JE N'EN AI AUCUNE IDÉE. ABSOLUMENT AUCUNE.
TU NE CONNAISSAIS VRAIMENT PAS CE TYPE, CE MASON GREEN ? NI SON PÈRE ?
NON. JE CONNAISSAIS L'ANCIEN PROPRIÉTAIRE, UN TYPE DU NOM DE WALTON LARKER QUI EST MORT DANS UN ACCIDENT.
LA POLICE PENSE QUE CETTE NOTE MANUSCRITE A PEUT-ÊTRE ÉTÉ ÉCRITE PAR MASON GREEN...
VA SAVOIR.
ET SI LE...
ÇA SUFFIT. JULIE, VA NETTOYER TA HONDA ET RANGE-LA AU GARAGE AVEC TA BMW. INDY, TU VAS POUVOIR METTRE TON AMOUR DE LA MÉCANIQUE EN PRATIQUE : ON AURA PAS MAL DE BOULOT DEMAIN !
TU AS LA MÊME IMPRESSION QUE MOI, JULIE ?
OUI.
IL NE NOUS DIT PAS TOUT...

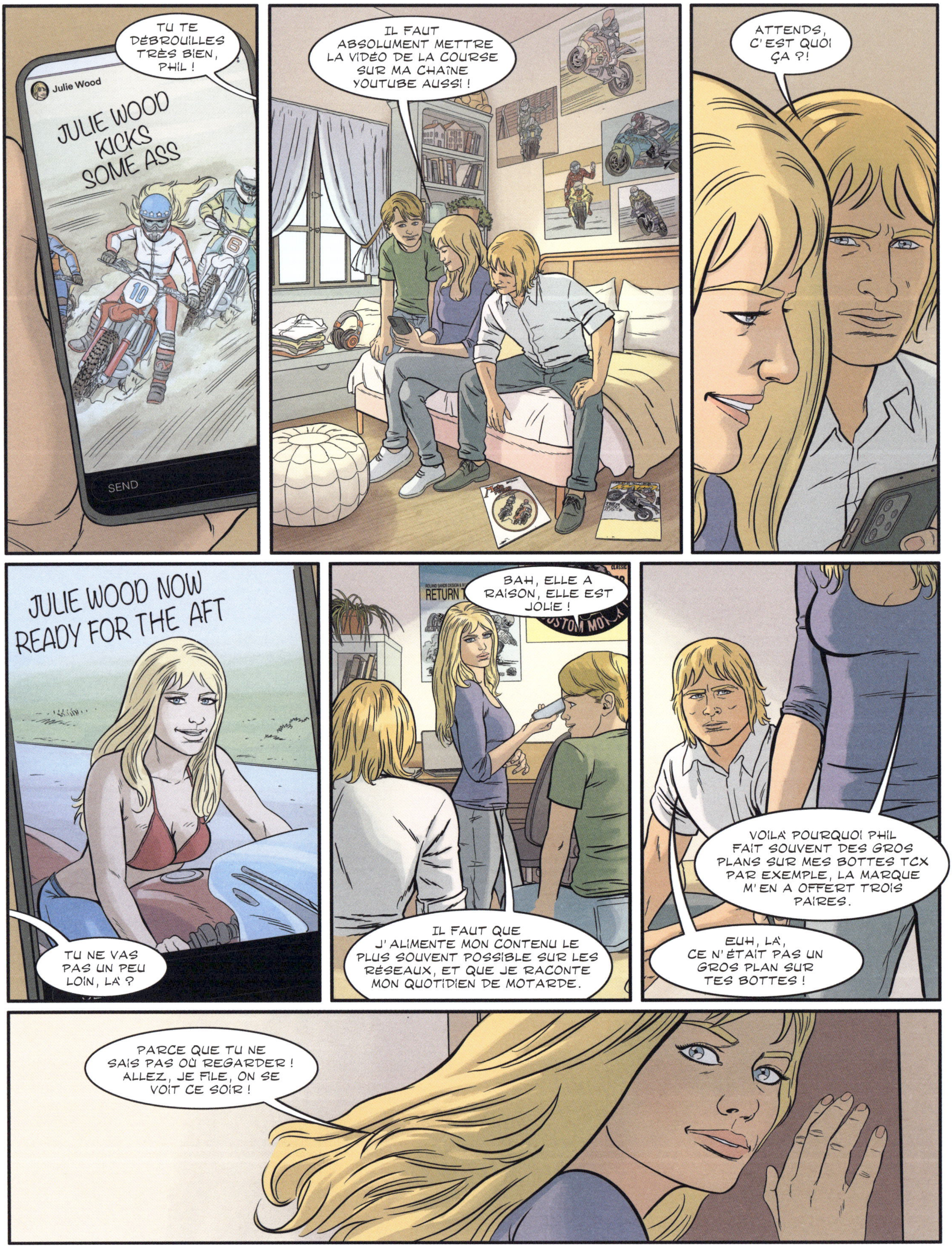
TU TE DÉBROUILLES TRÈS BIEN, PHIL !
Julie Wood
JULIE WOOD KICKS SOME ASS
SEND
IL FAUT ABSOLUMENT METTRE LA VIDÉO DE LA COURSE SUR MA CHAÎNE YOUTUBE AUSSI !
ATTENDS, C'EST QUOI ÇA ?!
JULIE WOOD NOW READY FOR THE AFT
TU NE VAS PAS UN PEU LOIN, LÀ ?
BAH, ELLE A RAISON, ELLE EST JOLIE !
IL FAUT QUE J'ALIMENTE MON CONTENU LE PLUS SOUVENT POSSIBLE SUR LES RÉSEAUX, ET QUE JE RACONTE MON QUOTIDIEN DE MOTARDE.
VOILÀ POURQUOI PHIL FAIT SOUVENT DES GROS PLANS SUR MES BOTTES TCX PAR EXEMPLE, LA MARQUE M'EN A OFFERT TROIS PAIRES.
EUH, LÀ, CE N'ÉTAIT PAS UN GROS PLAN SUR TES BOTTES !
PARCE QUE TU NE SAIS PAS OÙ REGARDER ! ALLEZ, JE FILE, ON SE VOIT CE SOIR !

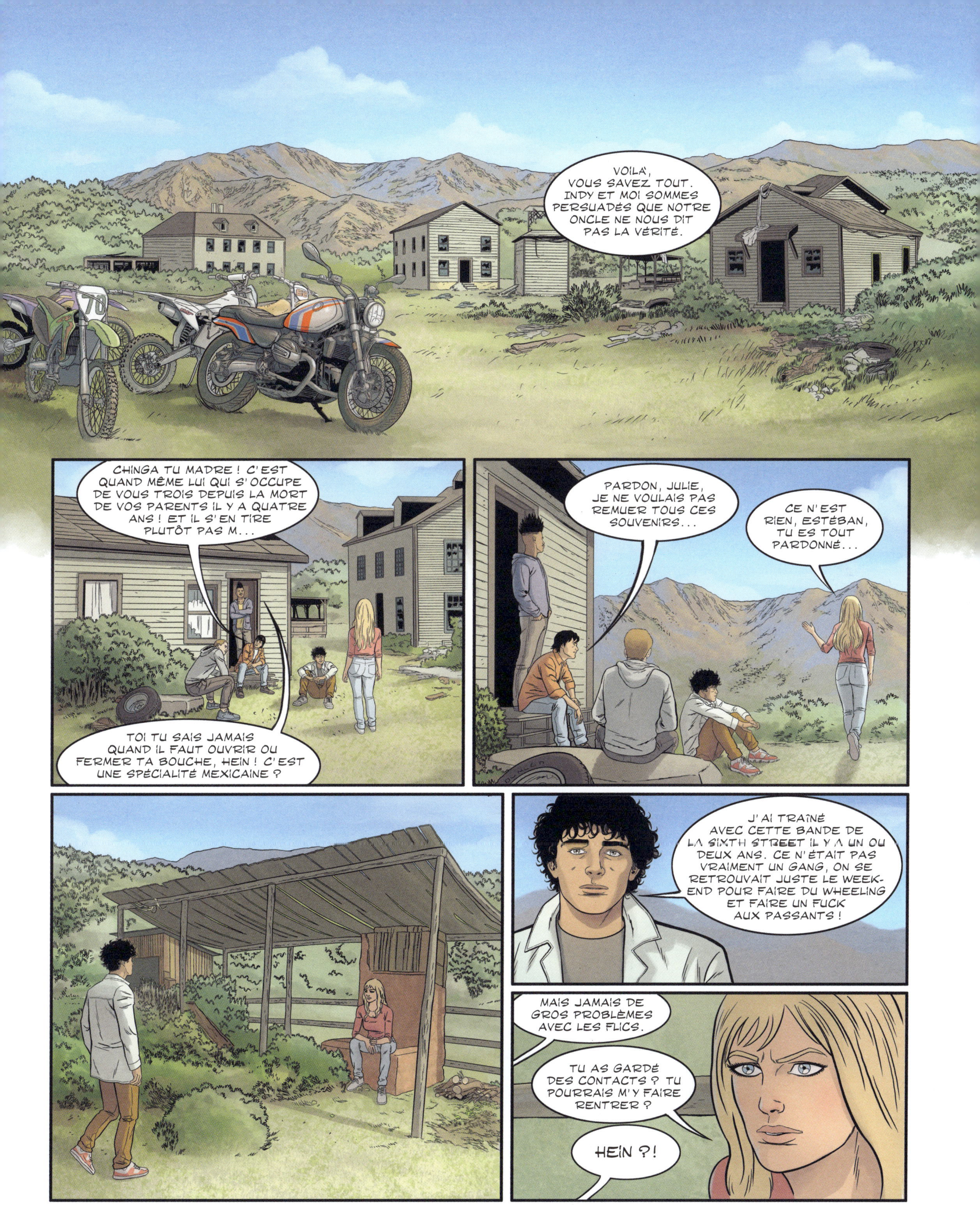
VOILÀ, VOUS SAVEZ TOUT. INDY ET MOI SOMMES PERSUADÉS QUE NOTRE ONCLE NE NOUS DIT PAS LA VÉRITÉ.
CHINGA TU MADRE ! C'EST QUAND MÊME LUI QUI S'OCCUPE DE VOUS TROIS DEPUIS LA MORT DE VOS PARENTS IL Y A QUATRE ANS ! ET IL S'EN TIRE PLUTÔT PAS M...
TOI TU SAIS JAMAIS QUAND IL FAUT OUVRIR OU FERMER TA BOUCHE, HEIN ! C'EST UNE SPÉCIALITÉ MEXICAINE ?
PARDON, JULIE, JE NE VOULAIS PAS REMUER TOUS CES SOUVENIRS...
CE N'EST RIEN, ESTÉBAN, TU ES TOUT PARDONNÉ...
J'AI TRAÎNÉ AVEC CETTE BANDE DE LA SIXTH STREET IL Y A UN OU DEUX ANS. CE N'ÉTAIT PAS VRAIMENT UN GANG, ON SE RETROUVAIT JUSTE LE WEEK-END POUR FAIRE DU WHEELING ET FAIRE UN FUCK AUX PASSANTS !
MAIS JAMAIS DE GROS PROBLÈMES AVEC LES FLICS.
TU AS GARDÉ DES CONTACTS ? TU POURRAIS M'Y FAIRE RENTRER ?
HEIN ?!

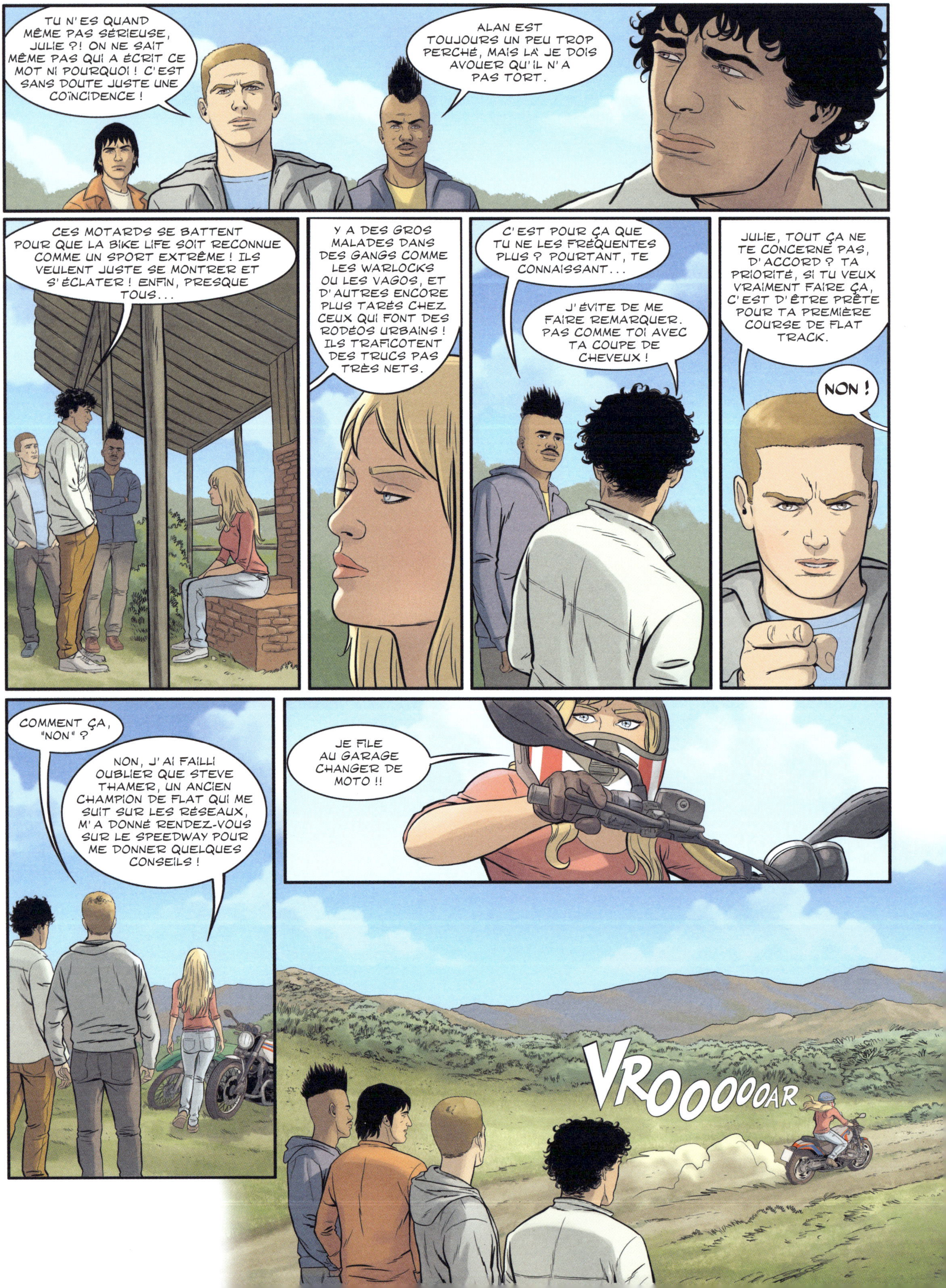

TU N'ES QUAND MÊME PAS SÉRIEUSE, JULIE ?! ON NE SAIT MÊME PAS QUI A ÉCRIT CE MOT NI POURQUOI ! C'EST SANS DOUTE JUSTE UNE COÏNCIDENCE !
ALAN EST TOUJOURS UN PEU TROP PERCHÉ, MAIS LÀ JE DOIS AVOUER QU'IL N'A PAS TORT.
CES MOTARDS SE BATTENT POUR QUE LA BIKE LIFE SOIT RECONNUE COMME UN SPORT EXTRÊME ! ILS VEULENT JUSTE SE MONTRER ET S'ÉCLATER ! ENFIN, PRESQUE TOUS...
Y A DES GROS MALADES DANS DES GANGS COMME LES WARLOCKS OU LES VAGOS, ET D'AUTRES ENCORE PLUS TARÉS CHEZ CEUX QUI FONT DES RODÉOS URBAINS ! ILS TRAFICOTENT DES TRUCS PAS TRÈS NETS.
C'EST POUR ÇA QUE TU NE LES FRÉQUENTES PLUS ? POURTANT, TE CONNAISSANT...
J'ÉVITE DE ME FAIRE REMARQUER. PAS COMME TOI AVEC TA COUPE DE CHEVEUX !
JULIE, TOUT ÇA NE TE CONCERNE PAS, D'ACCORD ? TA PRIORITÉ, SI TU VEUX VRAIMENT FAIRE ÇA, C'EST D'ÊTRE PRÊTE POUR TA PREMIÈRE COURSE DE FLAT TRACK.
NON !
COMMENT ÇA, "NON" ?
NON, J'AI FAILLI OUBLIER QUE STEVE THAMER, UN ANCIEN CHAMPION DE FLAT QUI ME SUIT SUR LES RÉSEAUX, M'A DONNÉ RENDEZ-VOUS SUR LE SPEEDWAY POUR ME DONNER QUELQUES CONSEILS !
JE FILE AU GARAGE CHANGER DE MOTO !!
VROOOOOAR

VROP
VROP

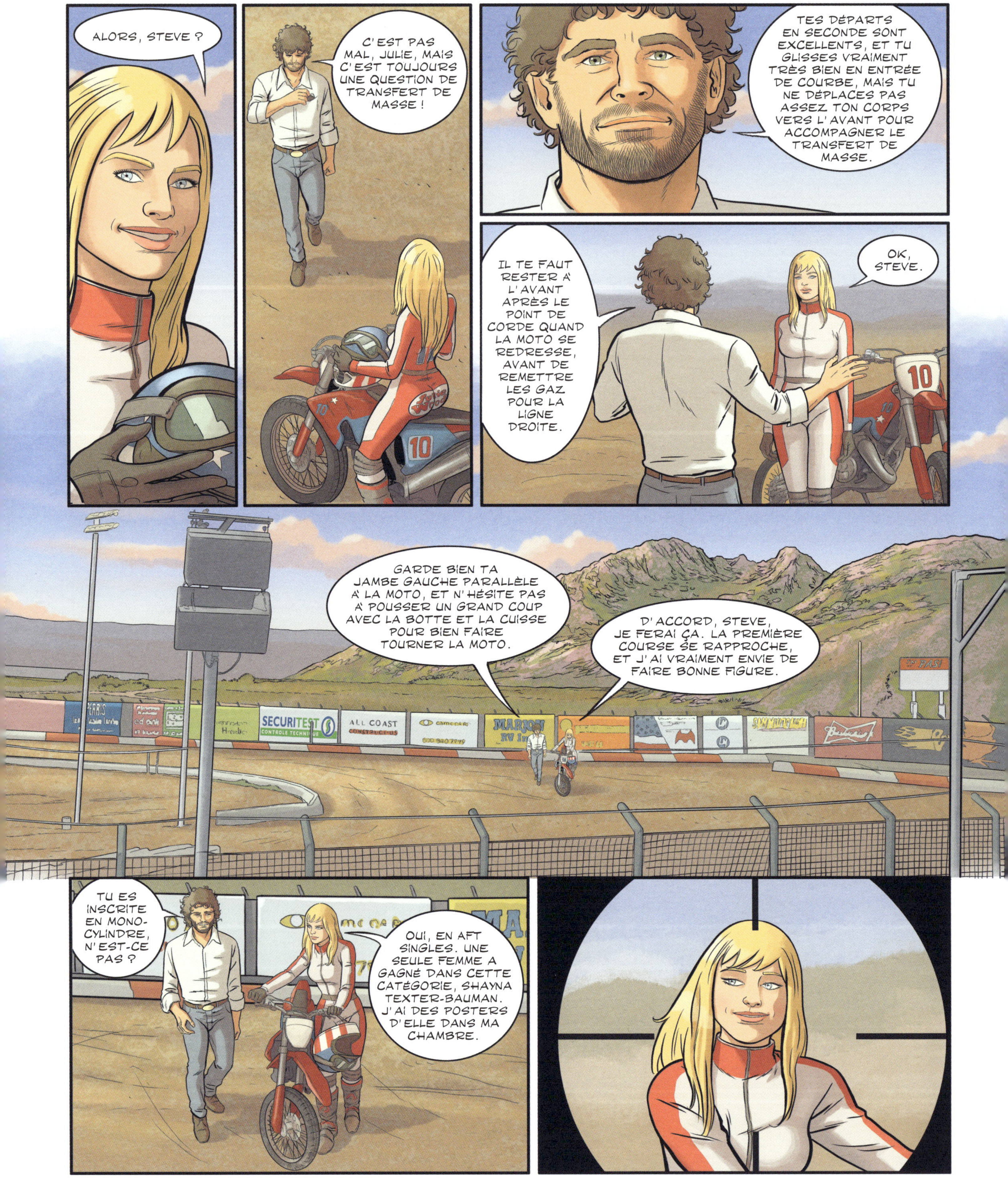

ALORS, STEVE ?
C'EST PAS MAL, JULIE, MAIS C'EST TOUJOURS UNE QUESTION DE TRANSFERT DE MASSE !
TES DÉPARTS EN SECONDE SONT EXCELLENTS, ET TU GLISSES VRAIMENT TRÈS BIEN EN ENTRÉE DE COURBE, MAIS TU NE DÉPLACES PAS ASSEZ TON CORPS VERS L'AVANT POUR ACCOMPAGNER LE TRANSFERT DE MASSE.
IL TE FAUT RESTER À L'AVANT APRÈS LE POINT DE CORDE QUAND LA MOTO SE REDRESSE, AVANT DE REMETTRE LES GAZ POUR LA LIGNE DROITE.
OK, STEVE.
GARDE BIEN TA JAMBE GAUCHE PARALLÈLE À LA MOTO, ET N'HÉSITE PAS À POUSSER UN GRAND COUP AVEC LA BOTTE ET LA CUISSE POUR BIEN FAIRE TOURNER LA MOTO.
D'ACCORD, STEVE, JE FERAI ÇA. LA PREMIÈRE COURSE SE RAPPROCHE, ET J'AI VRAIMENT ENVIE DE FAIRE BONNE FIGURE.
SECURITEST
ALL COAST
TU ES INSCRITE EN MONO-CYLINDRE, N'EST-CE PAS ?
OUI, EN AFT SINGLES. UNE SEULE FEMME A GAGNÉ DANS CETTE CATÉGORIE, SHAYNA TEXTER-BAUMAN. J'AI DES POSTERS D'ELLE DANS MA CHAMBRE.

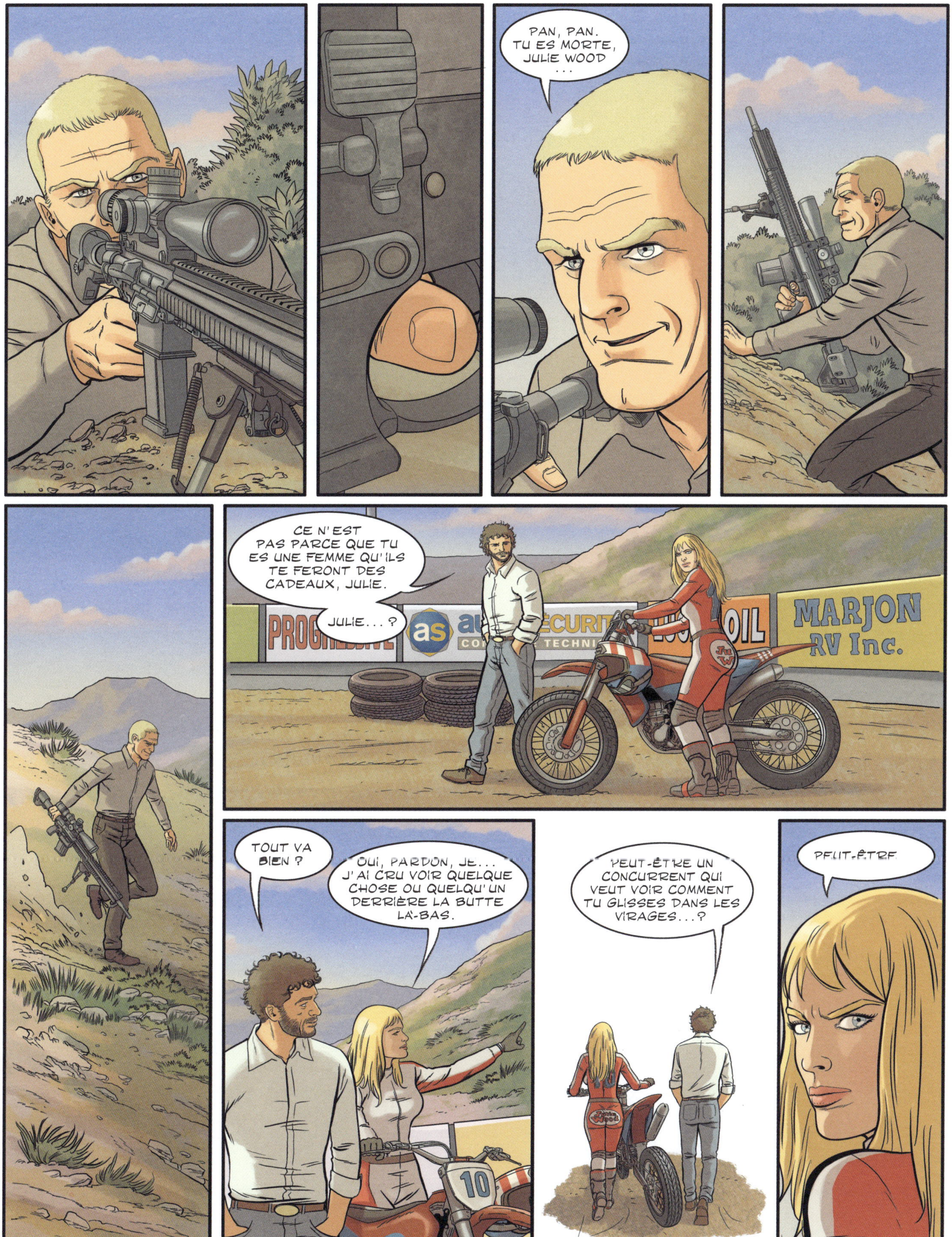
PAN, PAN. TU ES MORTE, JULIE WOOD ...
CE N'EST PAS PARCE QUE TU ES UNE FEMME QU'ILS TE FERONT DES CADEAUX, JULIE.
JULIE... ?
MARJON RV Inc.
TOUT VA BIEN ?
OUI, PARDON, JE... J'AI CRU VOIR QUELQUE CHOSE OU QUELQU'UN DERRIÈRE LA BUTTE LÀ-BAS.
PEUT-ÊTRE UN CONCURRENT QUI VEUT VOIR COMMENT TU GLISSES DANS LES VIRAGES...?
PEUT-ÊTRE.

VROOO VROOAR ROOA ROOAR
AW VRO AR
?

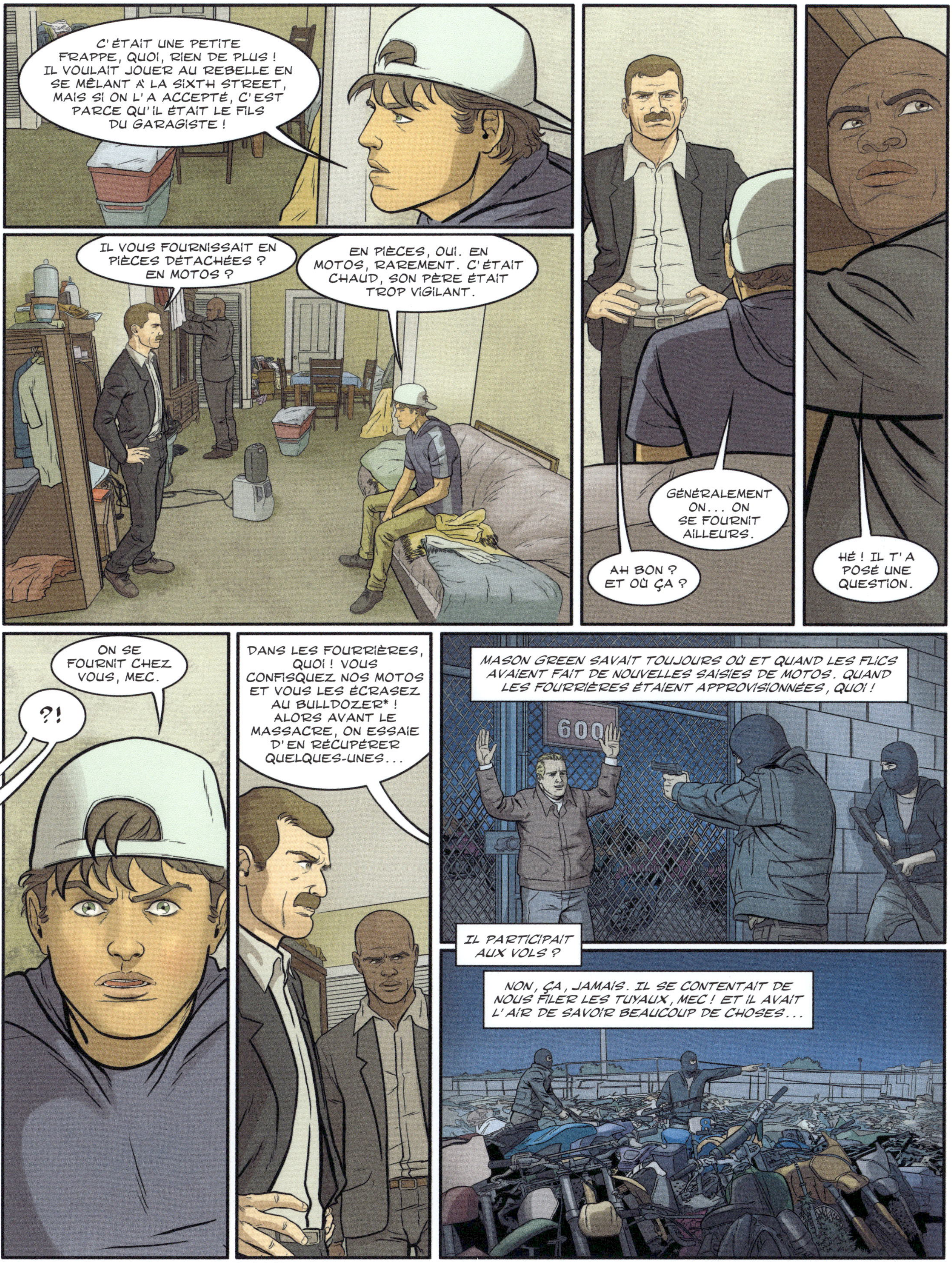
C'ÉTAIT UNE PETITE FRAPPE, QUOI, RIEN DE PLUS ! IL VOULAIT JOUER AU REBELLE EN SE MÊLANT À LA SIXTH STREET, MAIS SI ON L'A ACCEPTÉ, C'EST PARCE QU'IL ÉTAIT LE FILS DU GARAGISTE !
IL VOUS FOURNISSAIT EN PIÈCES DÉTACHÉES ? EN MOTOS ?
EN PIÈCES, OUI. EN MOTOS, RAREMENT. C'ÉTAIT CHAUD, SON PÈRE ÉTAIT TROP VIGILANT.
GÉNÉRALEMENT ON... ON SE FOURNIT AILLEURS.
AH BON ? ET OÙ ÇA ?
HÉ ! IL T'A POSÉ UNE QUESTION.
ON SE FOURNIT CHEZ VOUS, MEC.
?!
DANS LES FOURRIÈRES, QUOI ! VOUS CONFISQUEZ NOS MOTOS ET VOUS LES ÉCRASEZ AU BULLDOZER* ! ALORS AVANT LE MASSACRE, ON ESSAIE D'EN RÉCUPÉRER QUELQUES-UNES...
MASON GREEN SAVAIT TOUJOURS OÙ ET QUAND LES FLICS AVAIENT FAIT DE NOUVELLES SAISIES DE MOTOS. QUAND LES FOURRIÈRES ÉTAIENT APPROVISIONNÉES, QUOI !
600
IL PARTICIPAIT AUX VOLS ?
NON, ÇA, JAMAIS. IL SE CONTENTAIT DE NOUS FILER LES TUYAUX, MEC ! ET IL AVAIT L'AIR DE SAVOIR BEAUCOUP DE CHOSES...

*VÉRIDIQUE.

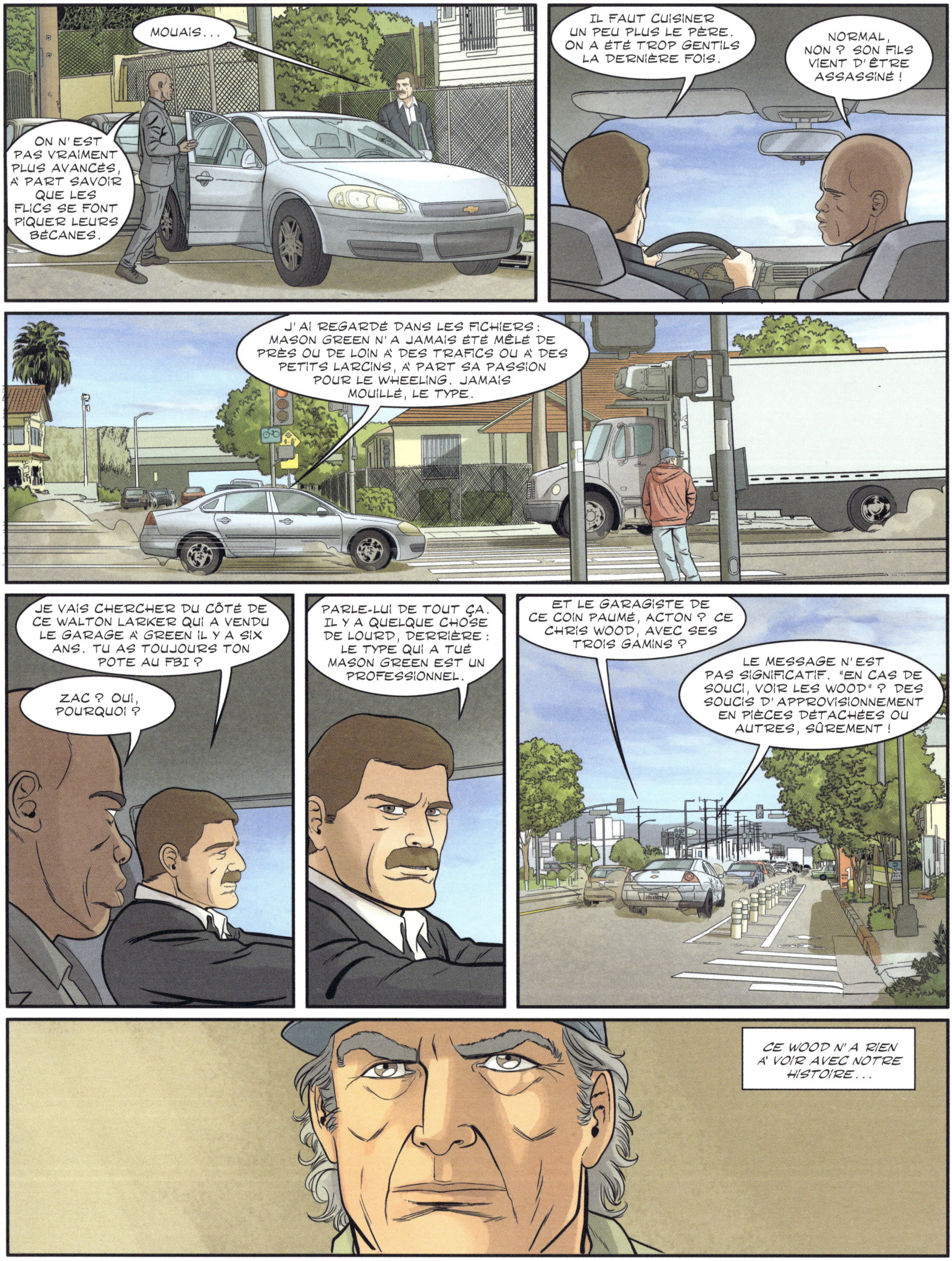
MOUAIS...
ON N'EST PAS VRAIMENT PLUS AVANCÉS, À PART SAVOIR QUE LES FLICS SE FONT PIQUER LEURS BÉCANES.
IL FAUT CUISINER UN PEU PLUS LE PÈRE. ON A ÉTÉ TROP GENTILS LA DERNIÈRE FOIS.
NORMAL, NON ? SON FILS VIENT D'ÊTRE ASSASSINÉ !
J'AI REGARDÉ DANS LES FICHIERS : MASON GREEN N'A JAMAIS ÉTÉ MÊLÉ DE PRÈS OU DE LOIN À DES TRAFICS OU À DES PETITS LARCINS, À PART SA PASSION POUR LE WHEELING. JAMAIS MOUILLÉ, LE TYPE.
JE VAIS CHERCHER DU CÔTÉ DE CE WALTON LARKER QUI A VENDU LE GARAGE À GREEN IL Y A SIX ANS. TU AS TOUJOURS TON POTE AU FBI ?
ZAC ? OUI, POURQUOI ?
PARLE-LUI DE TOUT ÇA. IL Y A QUELQUE CHOSE DE LOURD, DERRIÈRE : LE TYPE QUI A TUÉ MASON GREEN EST UN PROFESSIONNEL.
ET LE GARAGISTE DE CE COIN PAUMÉ, ACTON ? CE CHRIS WOOD, AVEC SES TROIS GAMINS ?
LE MESSAGE N'EST PAS SIGNIFICATIF. "EN CAS DE SOUCI, VOIR LES WOOD" ? DES SOUCIS D'APPROVISIONNEMENT EN PIÈCES DÉTACHÉES OU AUTRES, SÛREMENT !
CE WOOD N'A RIEN À VOIR AVEC NOTRE HISTOIRE...

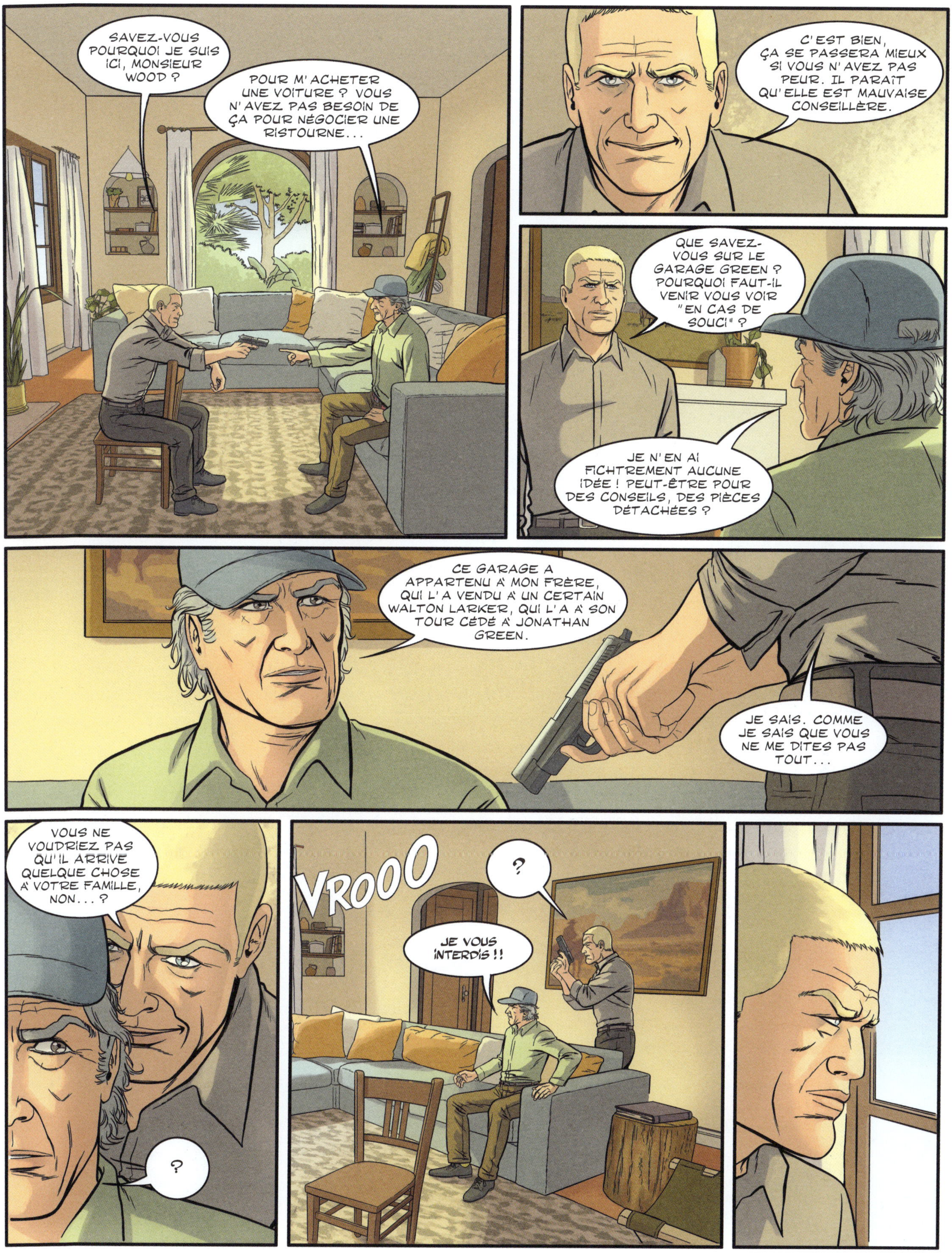

SAVEZ-VOUS POURQUOI JE SUIS ICI, MONSIEUR WOOD ?
POUR M'ACHETER UNE VOITURE ? VOUS N'AVEZ PAS BESOIN DE ÇA POUR NÉGOCIER UNE RISTOURNE...
C'EST BIEN, ÇA SE PASSERA MIEUX SI VOUS N'AVEZ PAS PEUR. IL PARAÎT QU'ELLE EST MAUVAISE CONSEILLÈRE.
QUE SAVEZ-VOUS SUR LE GARAGE GREEN ? POURQUOI FAUT-IL VENIR VOUS VOIR "EN CAS DE SOUCI" ?
JE N'EN AI FICHTREMENT AUCUNE IDÉE ! PEUT-ÊTRE POUR DES CONSEILS, DES PIÈCES DÉTACHÉES ?
CE GARAGE A APPARTENU À MON FRÈRE, QUI L'A VENDU À UN CERTAIN WALTON LARKER, QUI L'A À SON TOUR CÉDÉ À JONATHAN GREEN.
JE SAIS. COMME JE SAIS QUE VOUS NE ME DITES PAS TOUT...
VOUS NE VOUDRIEZ PAS QU'IL ARRIVE QUELQUE CHOSE À VOTRE FAMILLE, NON... ?
?
VROOO
?
JE VOUS INTERDIS !!

DE MIEUX EN MIEUX, JULIE ! CE TYPE T'A DONNÉ DE BONS CONSEILS, FAUT CROIRE !
CE N'EST PAS UN "TYPE", COMME TU DIS, C'EST UN ANCIEN CHAMPION DE...
CHRIS WOOD GARAGE
?!!
HÉ LÀ !!?
VRO
JULIE, VA VOIR L'ONCLE CHRIS !
NON, TOI RESTE AVEC LUI ! TU ES TROP LENT SUR UNE MOTO !
VROOVROA VROOA
FAIS ATTENTION À TOI, JULIE !!

VROAW
VROOA
HIJO DE P... !!
IL SE DIRIGE VERS LA 14 ! S'IL ATTEINT LA HIGHWAY, NOUS NE POURRONS PAS LE COINCER !!

VROOAW
FAIS-MOI UN JOLI SOURIRE, ORDURE !!
HÉ ?!
DAMNED, C'ÉTAIT QUI CE TYPE ?!
PAS UN AMATEUR EN TOUT CAS...

ARRÊTEZ DE ME REGARDER COMME ÇA...
IL AURAIT PU TE TUER, ONCLE CHRIS.
QU'EST-CE QUE TU NE NOUS DIS PAS ?
JE VOUS L'AI DÉJÀ DIT, JE CONNAISSAIS JUSTE L'ANCIEN PROPRIÉTAIRE DE CE GARAGE, WALTON LARKER. C'EST LUI QUI A DÛ LAISSER CE MESSAGE, PEUT-ÊTRE À PROPOS DE PIÈCES DÉTACHÉES OU POUR UN PROBLÈME SUR UNE MOTO OU UNE VOITURE !
"EN CAS DE SOUCI, CONTACTEZ LES WOOD".
ET CEUX QUI ONT TUÉ CE MOTARD, LÀ, PENSENT EUX AUSSI QUE J'AI QUELQUE CHOSE À VOIR AVEC CETTE HISTOIRE !
TU MENS TRÈS MAL.
JE T'INTERDIS DE ME PARLER COMME ÇA ! JE N'AI JAMAIS JOUÉ AU PÈRE DE SUBSTITUTION AVEC VOUS, MAIS J'AI FAIT DU MIEUX QUE J'AI PU POUR VOUS ÉLEVER, TOUS LES TROIS.
TES PARENTS ME MANQUENT BEAUCOUP.

PARCE QUE TU CROIS QU'ILS NE ME MANQUENT PAS, À MOI ?
JULIE...
TU CROIS QUE C'EST FACILE, À TREIZE ANS, DE VOIR SA VIE BASCULER EN UNE FRACTION DE SECONDE ?
DE RÉALISER QUE LES ÊTRES QUE TU CHÉRISSAIS LE PLUS, CEUX QUE TU EMBRASSAIS ENCORE LE MATIN MÊME, ONT DISPARU À TOUT JAMAIS ?
DE LES VOIR PARTOUT, TOUT LE TEMPS, EN N'ESPÉRANT QU'UNE CHOSE : QUE LE SOUVENIR DE LEURS VISAGES NE S'ESTOMPE JAMAIS ?
JULIE, ARRÊTE, CE N'EST PAS CE QU'IL VOULAIT DIRE.
JE PENSE MOI AUSSI TOUS LES JOURS À CET ACCIDENT DE VOITURE, JULIE. ET SACHE QUE JE VOUS AIME TRÈS FORT TOUS LES TROIS.
JE N'EN DOUTE PAS, ONCLE CHRIS, MAIS SI TU VEUX NOUS LE PROUVER, IL FAUDRAIT DÉJÀ QUE TU COMMENCES PAR NOUS DIRE LA VÉRITÉ.

LE LENDEMAIN.
SERVICE
CHRIS WOOD GARAGE
Ford
THE 99TH INDIANAPOLIS 500
UN JOUR, CE SERA MOI LE PILOTE...
SMEG
ZUT, PLUS DE COCA !
Ford
?!
?

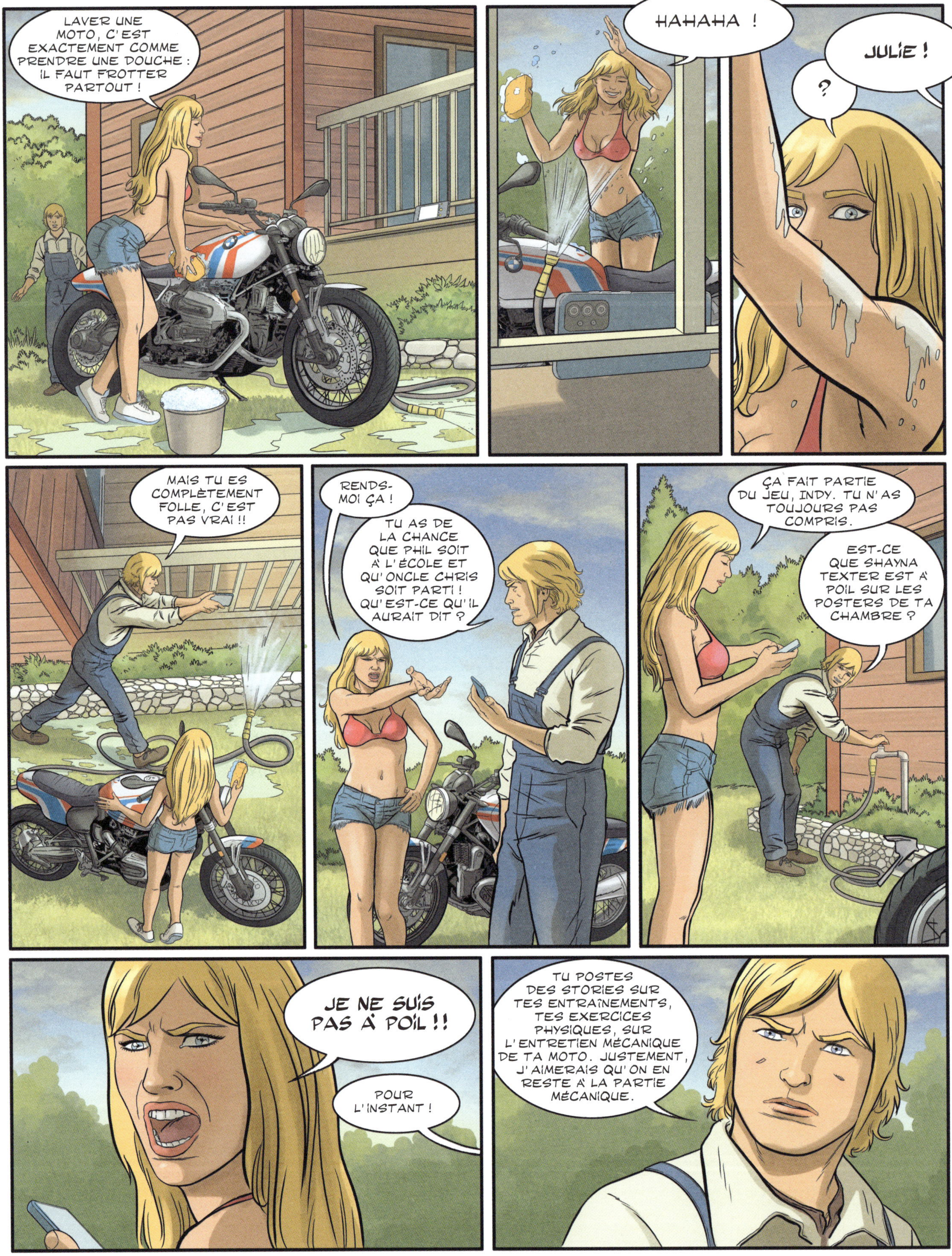
LAVER UNE MOTO, C'EST EXACTEMENT COMME PRENDRE UNE DOUCHE : IL FAUT FROTTER PARTOUT !
HAHAHA !
?
JULIE !
MAIS TU ES COMPLÈTEMENT FOLLE, C'EST PAS VRAI !!
RENDS-MOI ÇA !
TU AS DE LA CHANCE QUE PHIL SOIT À L'ÉCOLE ET QU'ONCLE CHRIS SOIT PARTI ! QU'EST-CE QU'IL AURAIT DIT ?
ÇA FAIT PARTIE DU JEU, INDY. TU N'AS TOUJOURS PAS COMPRIS.
EST-CE QUE SHAYNA TEXTER EST À POIL SUR LES POSTERS DE TA CHAMBRE ?
JE NE SUIS PAS À POIL !!
POUR L'INSTANT !
TU POSTES DES STORIES SUR TES ENTRAÎNEMENTS, TES EXERCICES PHYSIQUES, SUR L'ENTRETIEN MÉCANIQUE DE TA MOTO. JUSTEMENT, J'AIMERAIS QU'ON EN RESTE À LA PARTIE MÉCANIQUE.

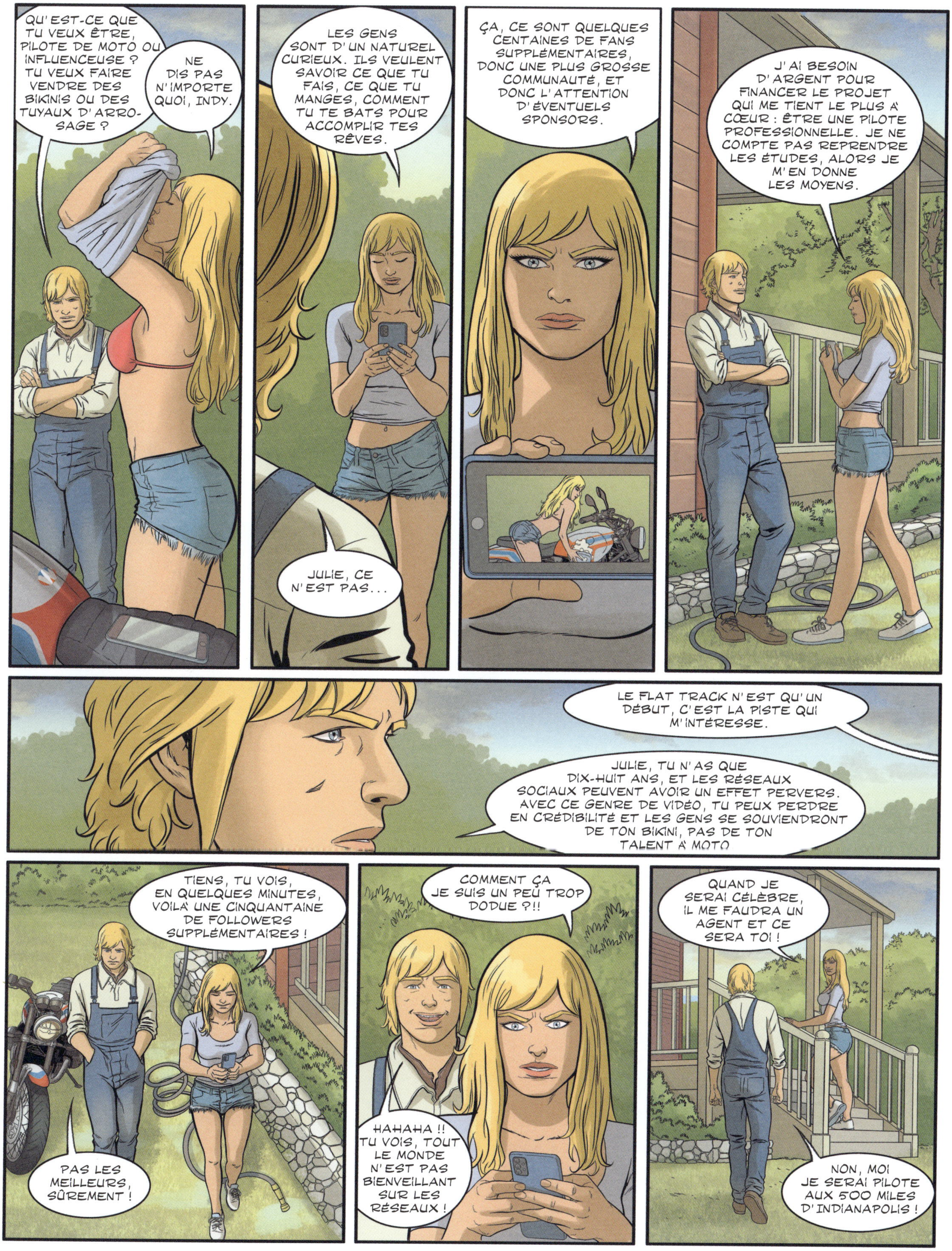
QU'EST-CE QUE TU VEUX ÊTRE, PILOTE DE MOTO OU INFLUENCEUSE ? TU VEUX FAIRE VENDRE DES BIKINIS OU DES TUYAUX D'ARROSAGE ?
NE DIS PAS N'IMPORTE QUOI, INDY.
LES GENS SONT D'UN NATUREL CURIEUX. ILS VEULENT SAVOIR CE QUE TU FAIS, CE QUE TU MANGES, COMMENT TU TE BATS POUR ACCOMPLIR TES RÊVES.
JULIE, CE N'EST PAS...
ÇA, CE SONT QUELQUES CENTAINES DE FANS SUPPLÉMENTAIRES, DONC UNE PLUS GROSSE COMMUNAUTÉ, ET DONC L'ATTENTION D'ÉVENTUELS SPONSORS.
J'AI BESOIN D'ARGENT POUR FINANCER LE PROJET QUI ME TIENT LE PLUS À CŒUR : ÊTRE UNE PILOTE PROFESSIONNELLE. JE NE COMPTE PAS REPRENDRE LES ÉTUDES, ALORS JE M'EN DONNE LES MOYENS.
LE FLAT TRACK N'EST QU'UN DÉBUT, C'EST LA PISTE QUI M'INTÉRESSE.
JULIE, TU N'AS QUE DIX-HUIT ANS, ET LES RÉSEAUX SOCIAUX PEUVENT AVOIR UN EFFET PERVERS. AVEC CE GENRE DE VIDÉO, TU PEUX PERDRE EN CRÉDIBILITÉ ET LES GENS SE SOUVIENDRONT DE TON BIKINI, PAS DE TON TALENT À MOTO
TIENS, TU VOIS, EN QUELQUES MINUTES, VOILÀ UNE CINQUANTAINE DE FOLLOWERS SUPPLÉMENTAIRES !
PAS LES MEILLEURS, SÛREMENT !
COMMENT ÇA JE SUIS UN PEU TROP DODUE ?!!
HAHAHA !! TU VOIS, TOUT LE MONDE N'EST PAS BIENVEILLANT SUR LES RÉSEAUX !
QUAND JE SERAI CÉLÈBRE, IL ME FAUDRA UN AGENT ET CE SERA TOI !
NON, MOI JE SERAI PILOTE AUX 500 MILES D'INDIANAPOLIS !

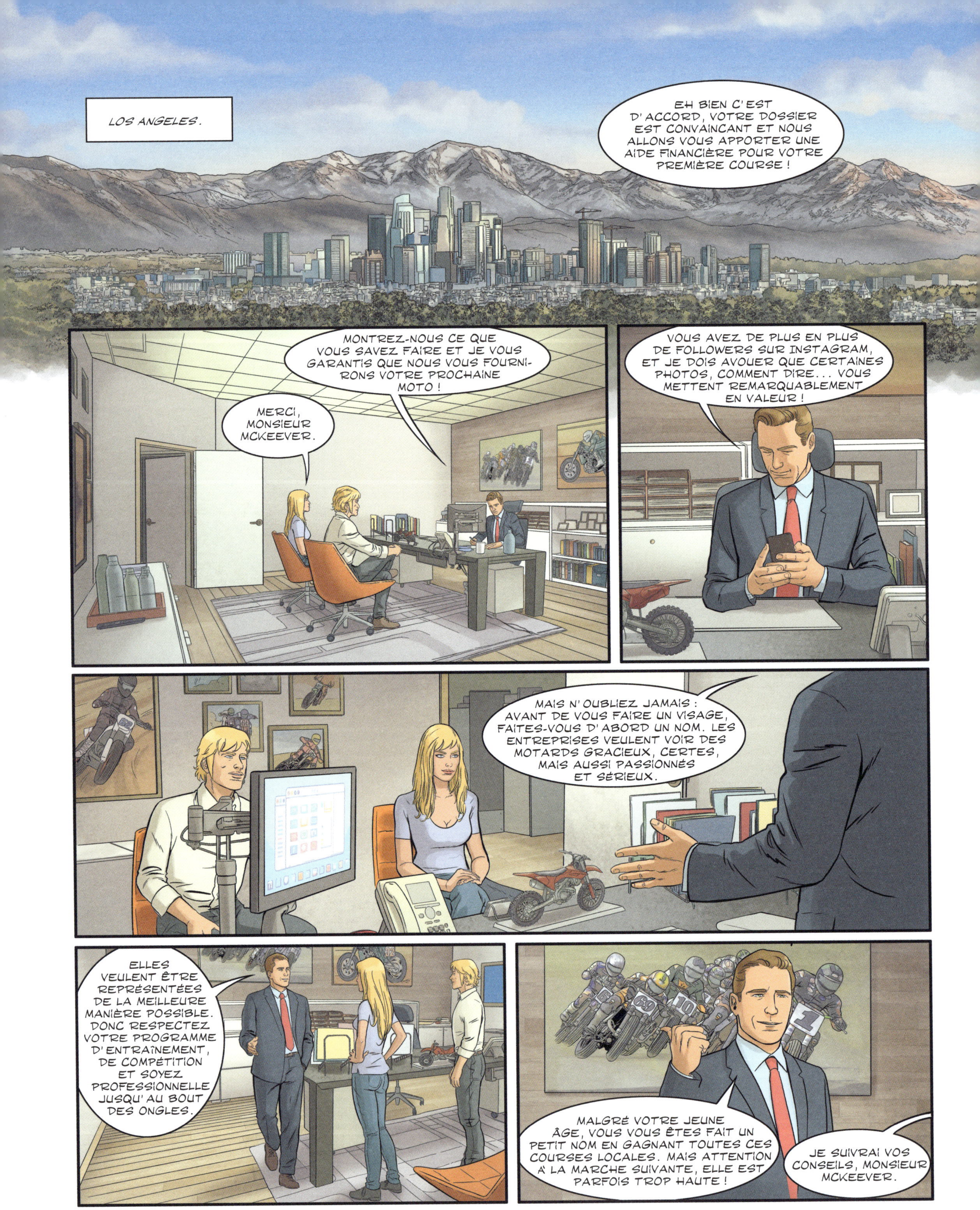
LOS ANGELES.
EH BIEN C'EST D'ACCORD, VOTRE DOSSIER EST CONVAINCANT ET NOUS ALLONS VOUS APPORTER UNE AIDE FINANCIÈRE POUR VOTRE PREMIÈRE COURSE !
MONTREZ-NOUS CE QUE VOUS SAVEZ FAIRE ET JE VOUS GARANTIS QUE NOUS VOUS FOURNIRONS VOTRE PROCHAINE MOTO !
MERCI, MONSIEUR MCKEEVER.
VOUS AVEZ DE PLUS EN PLUS DE FOLLOWERS SUR INSTAGRAM, ET JE DOIS AVOUER QUE CERTAINES PHOTOS, COMMENT DIRE... VOUS METTENT REMARQUABLEMENT EN VALEUR !
MAIS N'OUBLIEZ JAMAIS : AVANT DE VOUS FAIRE UN VISAGE, FAITES-VOUS D'ABORD UN NOM. LES ENTREPRISES VEULENT VOIR DES MOTARDS GRACIEUX, CERTES, MAIS AUSSI PASSIONNÉS ET SÉRIEUX.
ELLES VEULENT ÊTRE REPRÉSENTÉES DE LA MEILLEURE MANIÈRE POSSIBLE. DONC RESPECTEZ VOTRE PROGRAMME D'ENTRAÎNEMENT, DE COMPÉTITION ET SOYEZ PROFESSIONNELLE JUSQU'AU BOUT DES ONGLES.
MALGRÉ VOTRE JEUNE ÂGE, VOUS VOUS ÊTES FAIT UN PETIT NOM EN GAGNANT TOUTES CES COURSES LOCALES. MAIS ATTENTION À LA MARCHE SUIVANTE, ELLE EST PARFOIS TROP HAUTE !
JE SUIVRAI VOS CONSEILS, MONSIEUR MCKEEVER.

TU SAIS CE QU'IL TE RESTE À FAIRE ?
OUI, GAGNER.
DOUBLETREE BY HILTON
PARTONS TANT QUE LE TRAFIC EST FLUIDE. DANS UNE HEURE, NOUS SERONS À ACTON.
DIS, INDY, PUISQUE NOUS SOMMES À LOS ANGELES...
UN PEU PLUS TARD...
GREEN
MOTORCYCLE AND CARS
RENTAL - PARTS - REPAIR
BRAKE SERVICE
TIRE SALE
WHEEL ALIGNMENT
AVEC CETTE "BIKE LIFE", COMME ILS L'APPELLENT, IL AVAIT DE MAUVAISES FRÉQUENTATIONS, VOILÀ TOUT. C'EST ÇA QUI L'A TUÉ.
NOUS SOMMES VRAIMENT DÉSOLÉS, MONSIEUR GREEN.
VOUS NE M'AVEZ PAS DIT VOTRE NOM.
NOUS SOMMES LES...
CLARA ET SONNY PAXTON, DES AMIS DE VOTRE FILS.

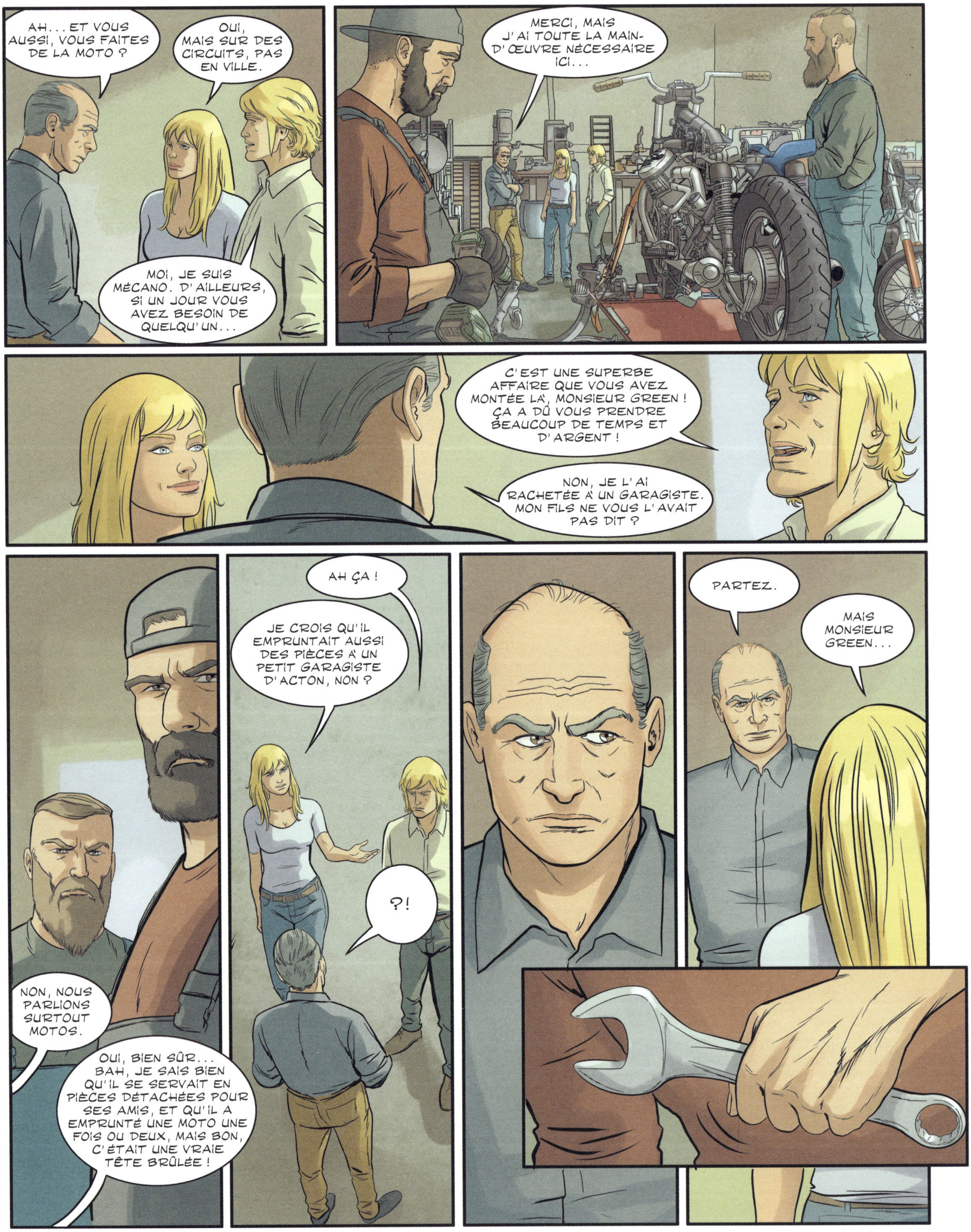
AH... ET VOUS AUSSI, VOUS FAITES DE LA MOTO ?
OUI, MAIS SUR DES CIRCUITS, PAS EN VILLE.
MOI, JE SUIS MÉCANO. D'AILLEURS, SI UN JOUR VOUS AVEZ BESOIN DE QUELQU'UN...
MERCI, MAIS J'AI TOUTE LA MAIN-D'ŒUVRE NÉCESSAIRE ICI...
C'EST UNE SUPERBE AFFAIRE QUE VOUS AVEZ MONTÉE LÀ, MONSIEUR GREEN ! ÇA A DÛ VOUS PRENDRE BEAUCOUP DE TEMPS ET D'ARGENT !
NON, JE L'AI RACHETÉE À UN GARAGISTE. MON FILS NE VOUS L'AVAIT PAS DIT ?
NON, NOUS PARLIONS SURTOUT MOTOS.
OUI, BIEN SÛR... BAH, JE SAIS BIEN QU'IL SE SERVAIT EN PIÈCES DÉTACHÉES POUR SES AMIS, ET QU'IL A EMPRUNTÉ UNE MOTO UNE FOIS OU DEUX, MAIS BON, C'ÉTAIT UNE VRAIE TÊTE BRÛLÉE !
AH ÇA !
JE CROIS QU'IL EMPRUNTAIT AUSSI DES PIÈCES À UN PETIT GARAGISTE D'ACTON, NON ?
?!
PARTEZ.
MAIS MONSIEUR GREEN...

J'AI DIT PARTEZ. JE VOUS AI ASSEZ VUS.
BIEN. ENCORE TOUTES NOS CONDOLÉANCES, MONSIEUR GREEN.
C'EST ÇA, OUI ...
GREEN MOTORCYCLE AND CAR RENTAL - PARTS - REPAI
TIRE SALE
TU COMPRENDS À PRÉSENT POURQUOI JE SENS QU'ONCLE CHRIS NE NOUS DIT PAS TOUTE LA VÉRITÉ QUAND IL...
ATTENTION !!!
VROOVROOOOAR
VROOOOA
VROOOOAW
JE COMPRENDS MIEUX POURQUOI ÇA PEUT ÊTRE DANGEREUX !
OUI, TU SERAS PLUS EN SÉCURITÉ SUR UNE PISTE DE FLAT TRACK, JULIE...

CETTE NUIT-LÀ...
BON SANG, VOUS DEVRIEZ ÊTRE LÀ DEPUIS UN MOMENT ! QU'EST-CE QUE VOUS FICHEZ ?!
ILS ONT EU UN LÉGER CONTRE-TEMPS, MONSIEUR GREEN ; ILS ARRIVENT, NE VOUS INQUIÉTEZ PAS.
DEUX HEURES ?! VOUS APPELEZ ÇA UN "LÉGER" CONTRETEMPS ?!!
S'ILS ARRIVENT AVANT VOUS, JE SUIS FICHU !
J'AI FAIT TOUT CE QUE VOUS VOULIEZ, BON SANG, JE VOUS AI TOUT DIT ET MON FILS EN EST MORT ! JE VEUX PROTÉGER MA FEMME ET MA FILLE !
GREEN
MOTORCYCLE AND CARS
RENTAL - PARTS - REPAIR
TIRE SALE
WHEEL ALIGNMENT
?!

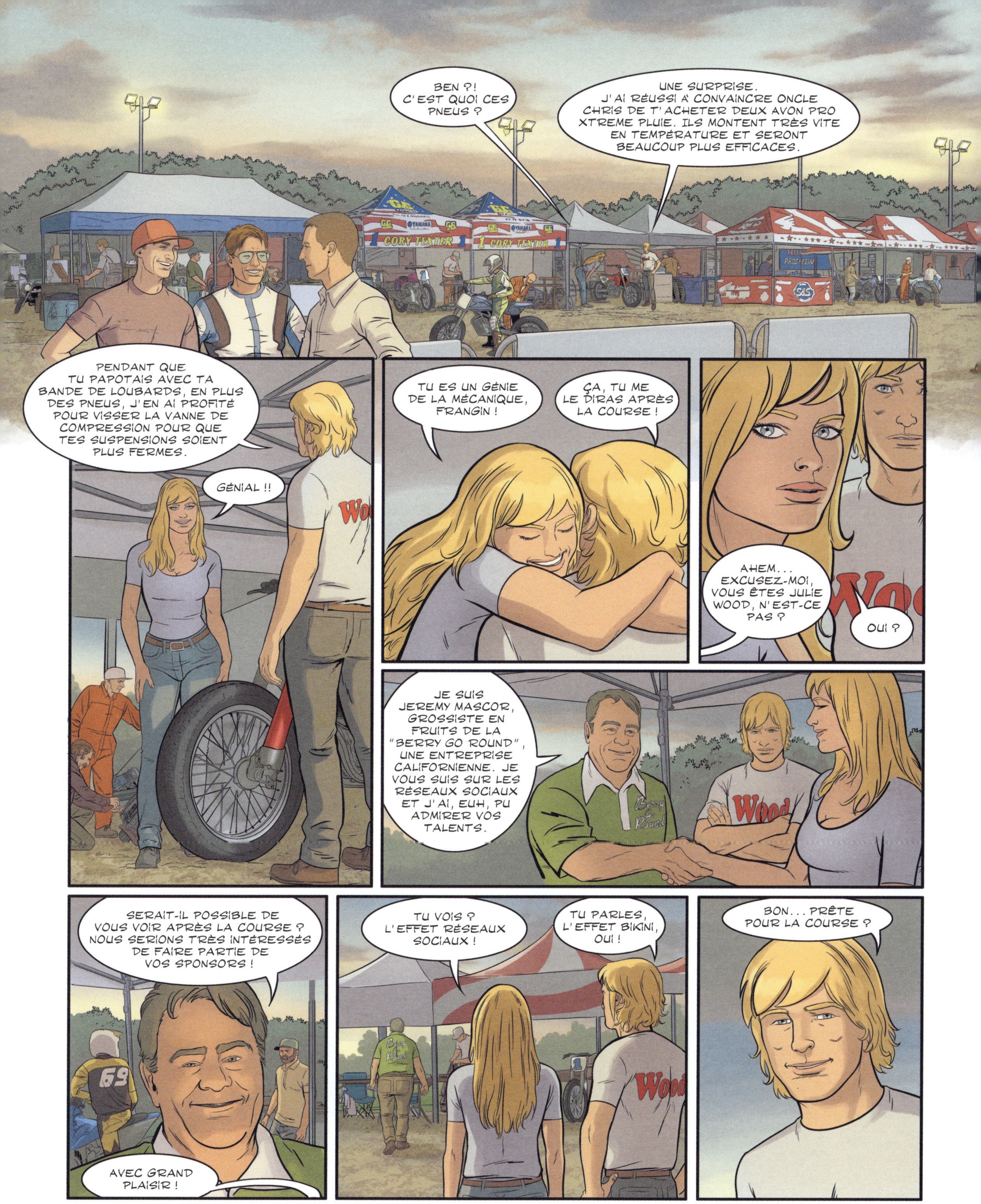
BEN ?! C'EST QUOI CES PNEUS ?
UNE SURPRISE. J'AI RÉUSSI À CONVAINCRE ONCLE CHRIS DE T'ACHETER DEUX AVON PRO XTREME PLUIE. ILS MONTENT TRÈS VITE EN TEMPÉRATURE ET SERONT BEAUCOUP PLUS EFFICACES.
CORY TEXTER
PENDANT QUE TU PAPOTAIS AVEC TA BANDE DE LOUBARDS, EN PLUS DES PNEUS, J'EN AI PROFITÉ POUR VISSER LA VANNE DE COMPRESSION POUR QUE TES SUSPENSIONS SOIENT PLUS FERMES.
GÉNIAL !!
TU ES UN GÉNIE DE LA MÉCANIQUE, FRANGIN !
ÇA, TU ME LE DIRAS APRÈS LA COURSE !
AHEM... EXCUSEZ-MOI, VOUS ÊTES JULIE WOOD, N'EST-CE PAS ?
OUI ?
JE SUIS JEREMY MASCOR, GROSSISTE EN FRUITS DE LA "BERRY GO ROUND", UNE ENTREPRISE CALIFORNIENNE. JE VOUS SUIS SUR LES RÉSEAUX SOCIAUX ET J'AI, EUH, PU ADMIRER VOS TALENTS.
Wood
SERAIT-IL POSSIBLE DE VOUS VOIR APRÈS LA COURSE ? NOUS SERIONS TRÈS INTÉRESSÉS DE FAIRE PARTIE DE VOS SPONSORS !
AVEC GRAND PLAISIR !
TU VOIS ? L'EFFET RÉSEAUX SOCIAUX !
TU PARLES, L'EFFET BIKINI, OUI !
BON... PRÊTE POUR LA COURSE ?

OUI, PRÊTE ! LA PREMIÈRE COURSE DE JULIE EN AMERICAN FLAT TRACK !!
IL EXISTE EN EFFET TROIS CATÉGORIES DANS LE CHAMPIONNAT AMÉRICAIN D'AFT. L'ÉLITE, TOUT D'ABORD : LE SUPERTWINS DANS LEQUEL LES PARTICIPANTS JOUENT DES COUDES SUR DES MACHINES LANCÉES À PLUS DE 200 KM/H ET QUI DÉVELOPPENT PLUS DE 90 CHEVAUX. C'EST LÀ QUE VOUS AUREZ LE PLUS DE CHANCE DE VOIR LES MOTOS LES PLUS PRISÉES COMME LA HARLEY-DAVIDSON XR-750 OU LA SCOUT FTR750 DE LA CÉLÈBRE MARQUE INDIAN !

ENSUITE, NOUS AVONS LE PRODUCTION TWINS, TOUJOURS AVEC DES BICYLINDRES ET DES PNEUS SPÉCIAUX DE 19 POUCES. MAIS ICI, LES KTM, KAWASAKI, SUZUKI OU YAMAHA UTILISENT DES MOTEURS PLUS COURANTS ADAPTÉS SUR DES CHÂSSIS SPÉCIAUX.

POUR TERMINER - ET C'EST LA CATÉGORIE QUI NOUS INTÉRESSE PUISQUE C'EST LÀ QUE CONCOURT JULIE -, L'AFT SINGLES !
Wood
10
Wood

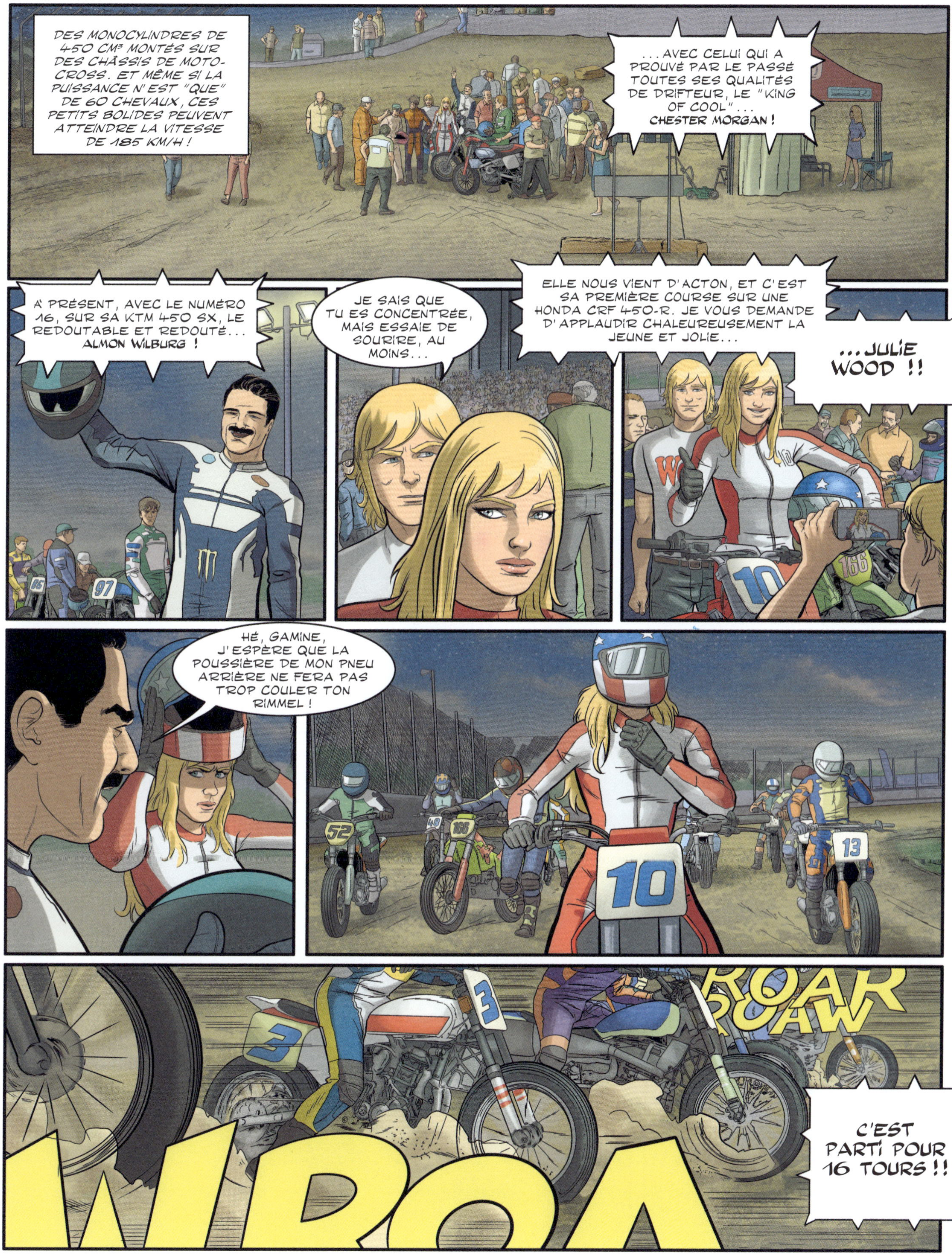
DES MONOCYLINDRES DE 450 CM³ MONTÉS SUR DES CHÂSSIS DE MOTO-CROSS. ET MÊME SI LA PUISSANCE N'EST "QUE" DE 60 CHEVAUX, CES PETITS BOLIDES PEUVENT ATTEINDRE LA VITESSE DE 185 KM/H !
...AVEC CELUI QUI A PROUVÉ PAR LE PASSÉ TOUTES SES QUALITÉS DE DRIFTEUR, LE "KING OF COOL"... CHESTER MORGAN !
À PRÉSENT, AVEC LE NUMÉRO 16, SUR SA KTM 450 SX, LE REDOUTABLE ET REDOUTÉ... ALMON WILBURG !
JE SAIS QUE TU ES CONCENTRÉE, MAIS ESSAIE DE SOURIRE, AU MOINS...
ELLE NOUS VIENT D'ACTON, ET C'EST SA PREMIÈRE COURSE SUR UNE HONDA CRF 450-R. JE VOUS DEMANDE D'APPLAUDIR CHALEUREUSEMENT LA JEUNE ET JOLIE...
...JULIE WOOD !!
HÉ, GAMINE, J'ESPÈRE QUE LA POUSSIÈRE DE MON PNEU ARRIÈRE NE FERA PAS TROP COULER TON RIMMEL !
ROAR
RUAW
WROA
C'EST PARTI POUR 16 TOURS !!

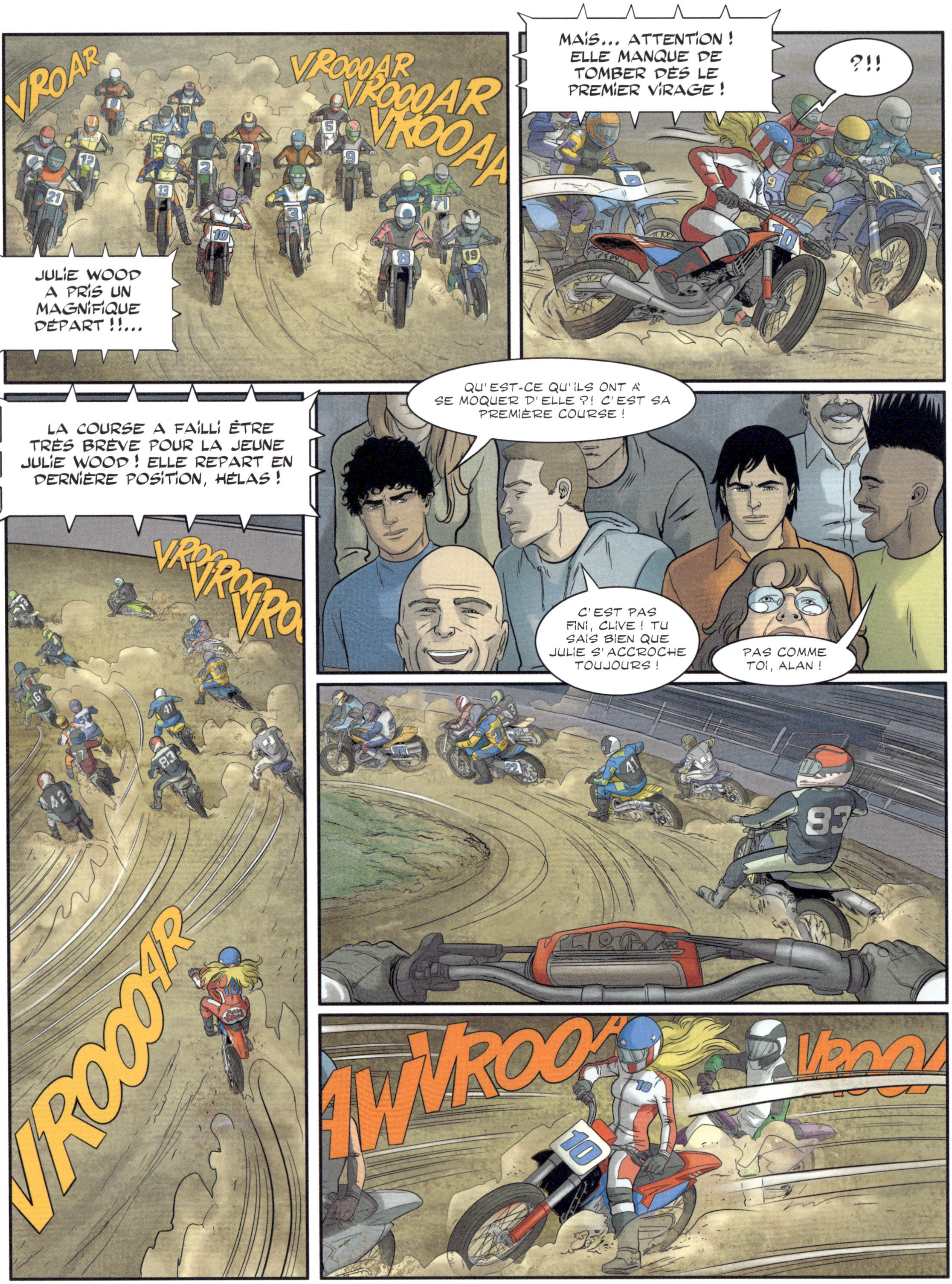
VROAR
VROOOAR
VROOOAR
VROOAA
JULIE WOOD A PRIS UN MAGNIFIQUE DÉPART !!...
MAIS... ATTENTION ! ELLE MANQUE DE TOMBER DÈS LE PREMIER VIRAGE !
?!!
LA COURSE A FAILLI ÊTRE TRÈS BRÈVE POUR LA JEUNE JULIE WOOD ! ELLE REPART EN DERNIÈRE POSITION, HÉLAS !
VROOOAR
QU'EST-CE QU'ILS ONT À SE MOQUER D'ELLE ?! C'EST SA PREMIÈRE COURSE !
C'EST PAS FINI, CLIVE ! TU SAIS BIEN QUE JULIE S'ACCROCHE TOUJOURS !
PAS COMME TOI, ALAN !
AWVROOA
VROOA

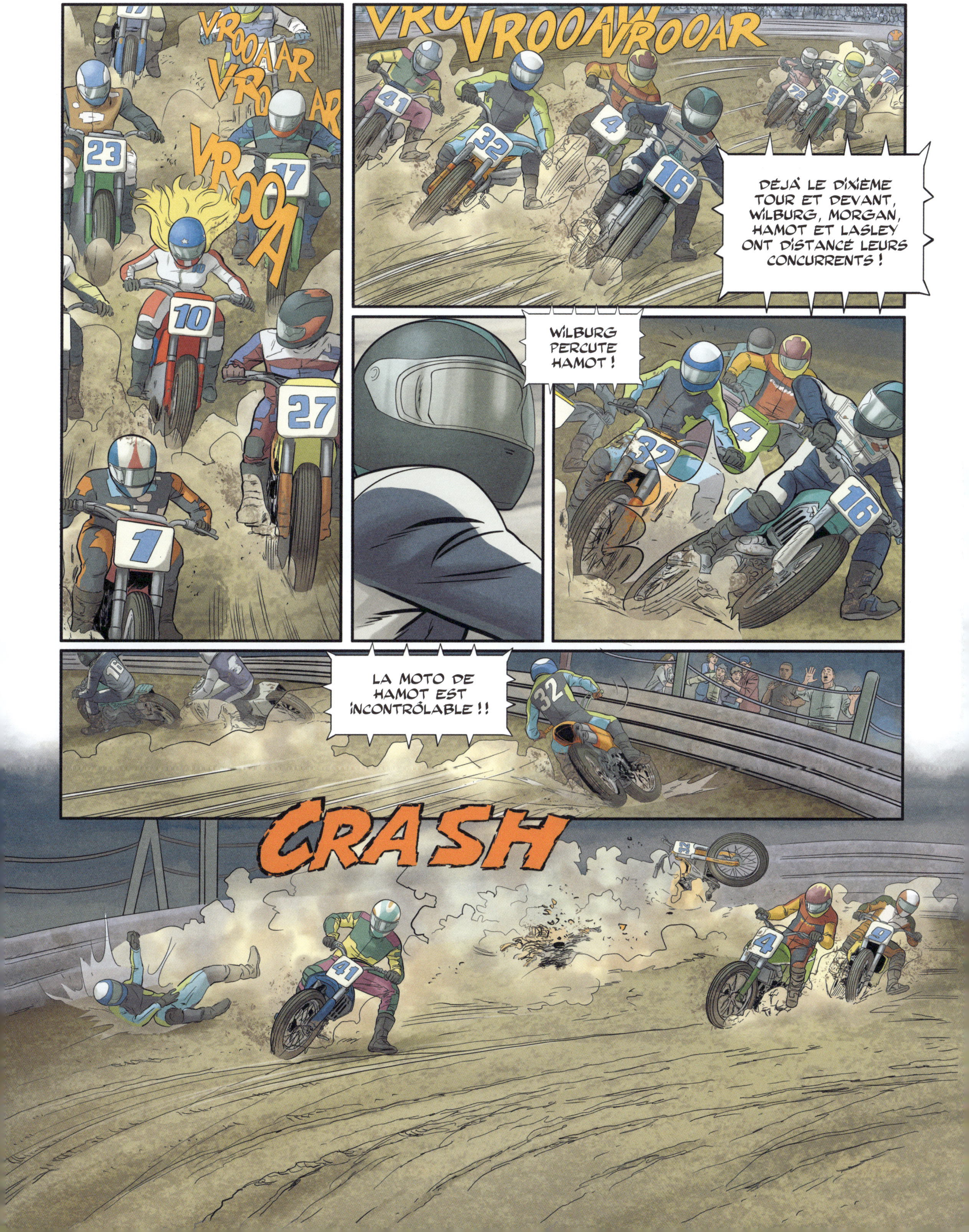
VROOAAR
VROOAR
VROOA
VROOAAR VROOAR
DÉJÀ LE DIXIÈME TOUR ET DEVANT, WILBURG, MORGAN, HAMOT ET LASLEY ONT DISTANCÉ LEURS CONCURRENTS !
WILBURG PERCUTE HAMOT !
LA MOTO DE HAMOT EST INCONTRÔLABLE !!
CRASH

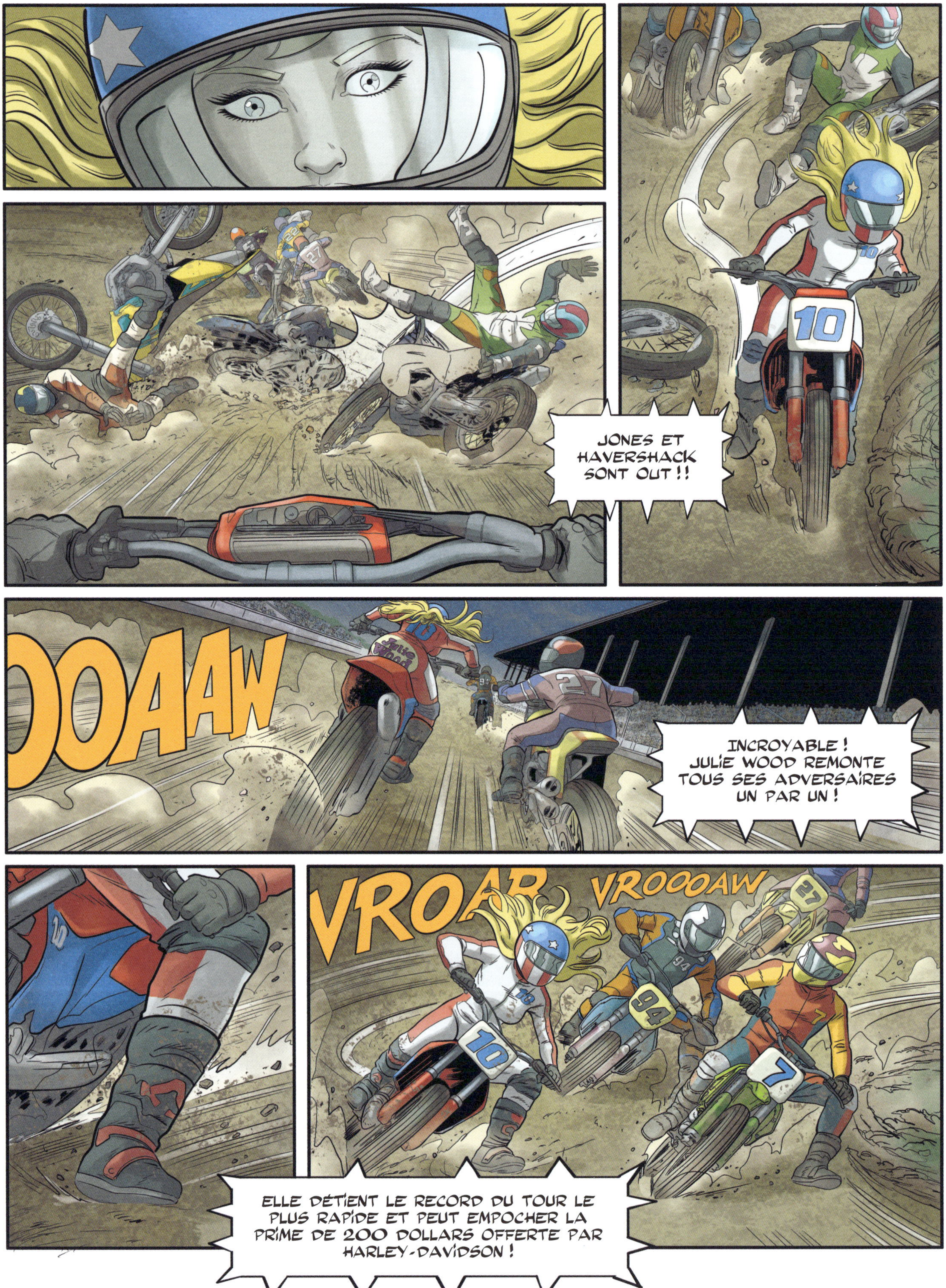
JONES ET HAVERSHACK SONT OUT !!
OOAAW
INCROYABLE ! JULIE WOOD REMONTE TOUS SES ADVERSAIRES UN PAR UN !
VROAR
VROOOAW
ELLE DÉTIENT LE RECORD DU TOUR LE PLUS RAPIDE ET PEUT EMPOCHER LA PRIME DE 200 DOLLARS OFFERTE PAR HARLEY-DAVIDSON !

DEVANT, LA LUTTE EST RUDE ENTRE WILBURG, LASLEY ET MORGAN !!
VROOMM
MORGAN REMPORTE LE HALF-MILE !
ROOAR
VROOOA
VROOAR
YEAAAAAAHHHH !!
ALORS ? TU TE MARRES TOUJOURS AUTANT MAINTENANT ?!!
CABRÓN* !!
HÉ ?!!

*ABRUTI !

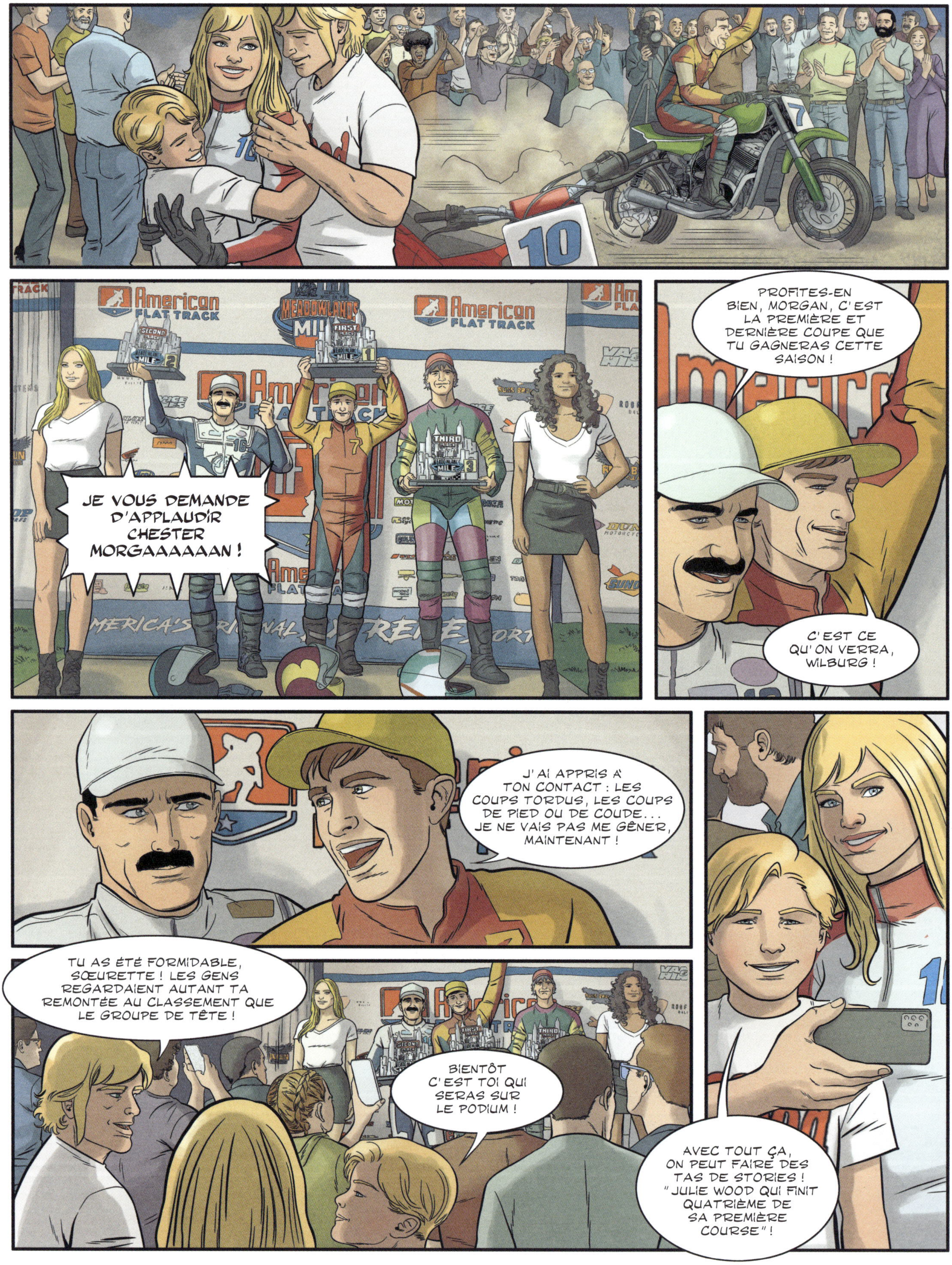
JE VOUS DEMANDE D'APPLAUDIR CHESTER MORGAAAAAAN !
PROFITES-EN BIEN, MORGAN, C'EST LA PREMIÈRE ET DERNIÈRE COUPE QUE TU GAGNERAS CETTE SAISON !
C'EST CE QU'ON VERRA, WILBURG !
J'AI APPRIS À TON CONTACT : LES COUPS TORDUS, LES COUPS DE PIED OU DE COUDE... JE NE VAIS PAS ME GÊNER, MAINTENANT !
TU AS ÉTÉ FORMIDABLE, SŒURETTE ! LES GENS REGARDAIENT AUTANT TA REMONTÉE AU CLASSEMENT QUE LE GROUPE DE TÊTE !
BIENTÔT C'EST TOI QUI SERAS SUR LE PODIUM !
AVEC TOUT ÇA, ON PEUT FAIRE DES TAS DE STORIES ! "JULIE WOOD QUI FINIT QUATRIÈME DE SA PREMIÈRE COURSE" !

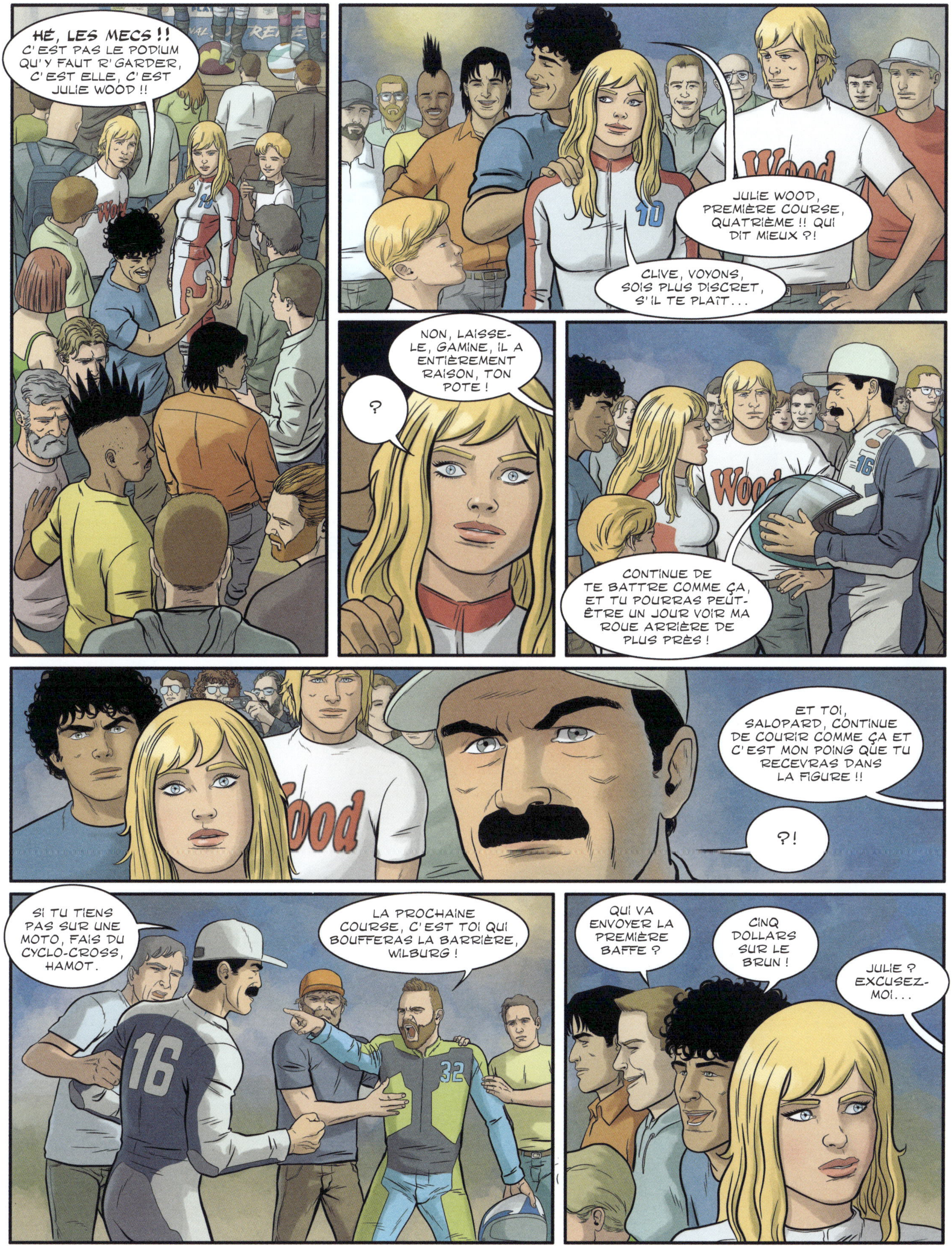
HÉ, LES MECS !! C'EST PAS LE PODIUM QU'Y FAUT R'GARDER, C'EST ELLE, C'EST JULIE WOOD !!
JULIE WOOD, PREMIÈRE COURSE, QUATRIÈME !! QUI DIT MIEUX ?!
CLIVE, VOYONS, SOIS PLUS DISCRET, S'IL TE PLAIT...
NON, LAISSE-LE, GAMINE, IL A ENTIÈREMENT RAISON, TON POTE !
?
CONTINUE DE TE BATTRE COMME ÇA, ET TU POURRAS PEUT-ÊTRE UN JOUR VOIR MA ROUE ARRIÈRE DE PLUS PRÈS !
ET TOI, SALOPARD, CONTINUE DE COURIR COMME ÇA ET C'EST MON POING QUE TU RECEVRAS DANS LA FIGURE !!
?!
SI TU TIENS PAS SUR UNE MOTO, FAIS DU CYCLO-CROSS, HAMOT.
LA PROCHAINE COURSE, C'EST TOI QUI BOUFFERAS LA BARRIÈRE, WILBURG !
QUI VA ENVOYER LA PREMIÈRE BAFFE ?
CINQ DOLLARS SUR LE BRUN !
JULIE ? EXCUSEZ-MOI...

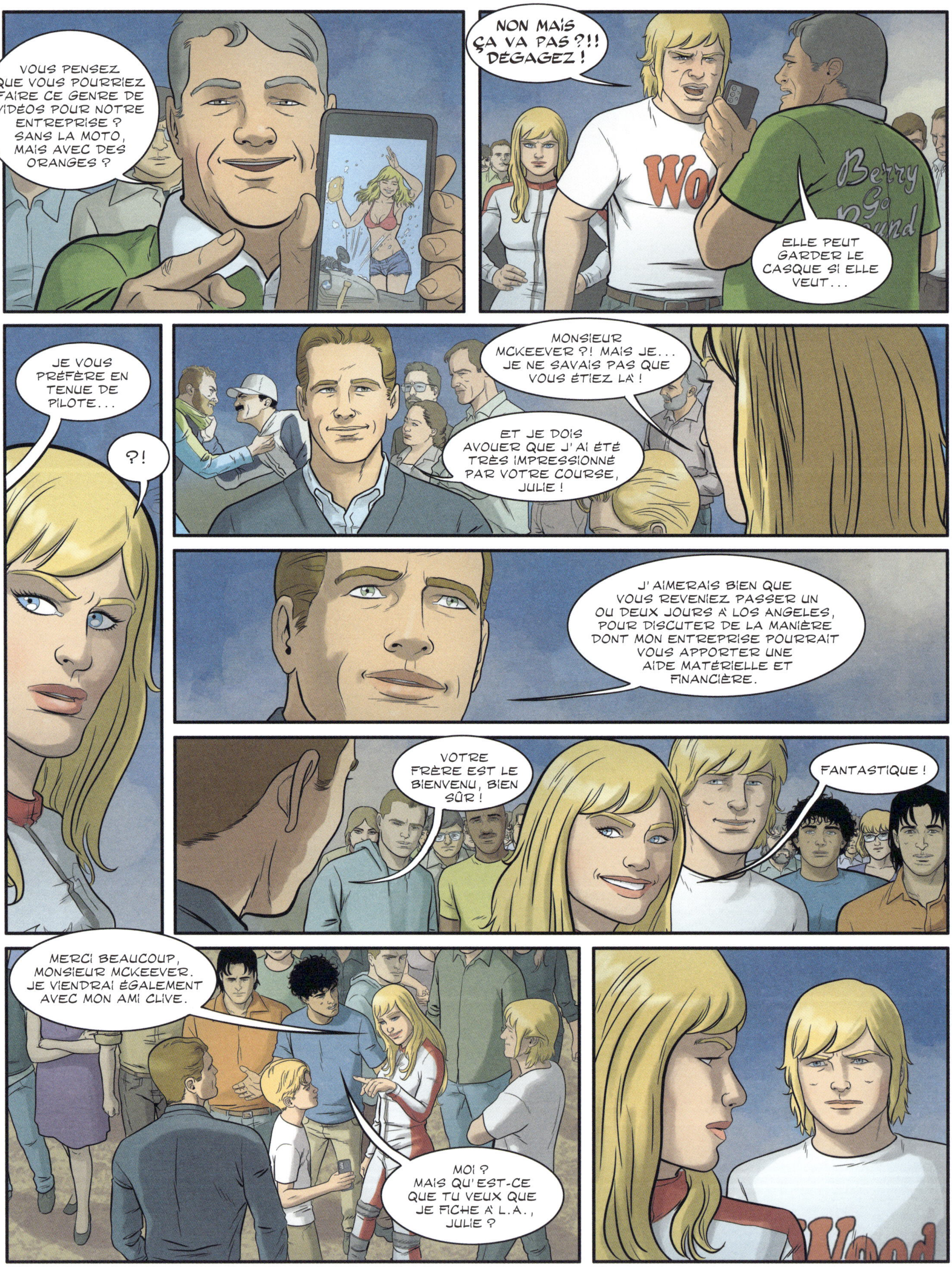
VOUS PENSEZ QUE VOUS POURRIEZ FAIRE CE GENRE DE VIDÉOS POUR NOTRE ENTREPRISE ? SANS LA MOTO, MAIS AVEC DES ORANGES ?
NON MAIS ÇA VA PAS ?!! DÉGAGEZ !
ELLE PEUT GARDER LE CASQUE SI ELLE VEUT...
JE VOUS PRÉFÈRE EN TENUE DE PILOTE...
?!
MONSIEUR MCKEEVER ?! MAIS JE... JE NE SAVAIS PAS QUE VOUS ÉTIEZ LÀ !
ET JE DOIS AVOUER QUE J'AI ÉTÉ TRÈS IMPRESSIONNÉ PAR VOTRE COURSE, JULIE !
J'AIMERAIS BIEN QUE VOUS REVENIEZ PASSER UN OU DEUX JOURS À LOS ANGELES, POUR DISCUTER DE LA MANIÈRE DONT MON ENTREPRISE POURRAIT VOUS APPORTER UNE AIDE MATÉRIELLE ET FINANCIÈRE.
VOTRE FRÈRE EST LE BIENVENU, BIEN SÛR !
FANTASTIQUE !
MERCI BEAUCOUP, MONSIEUR MCKEEVER. JE VIENDRAI ÉGALEMENT AVEC MON AMI CLIVE.
MOI ? MAIS QU'EST-CE QUE TU VEUX QUE JE FICHE À L.A., JULIE ?

*IMPITOYABLE.

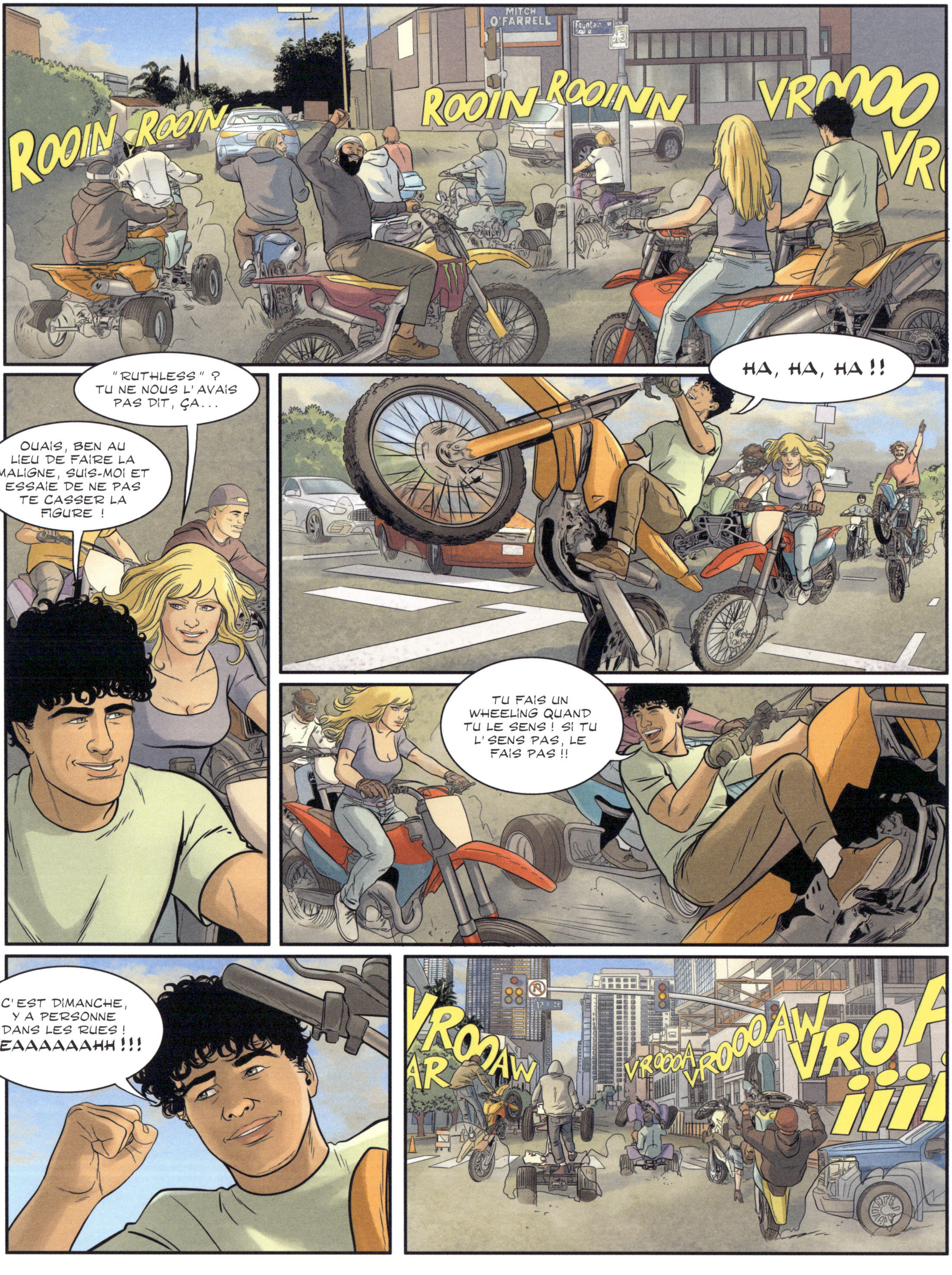
ROOIN ROOIN
ROOIN ROOINN
VROOOO VR
MITCH O'FARRELL
"RUTHLESS" ? TU NE NOUS L'AVAIS PAS DIT, ÇA...
OUAIS, BEN AU LIEU DE FAIRE LA MALIGNE, SUIS-MOI ET ESSAIE DE NE PAS TE CASSER LA FIGURE !
HA, HA, HA !!
TU FAIS UN WHEELING QUAND TU LE SENS ! SI TU L'SENS PAS, LE FAIS PAS !!
C'EST DIMANCHE, Y A PERSONNE DANS LES RUES ! **YEAAAAAAHH !!!**
VROOAW
VROOOA VROOOAW VROA
iiii

VROA
DAW
SUPER, JULIE ! TU L'AVAIS DÉJÀ FAIT, NON ?
OUI, MAIS À LA CAMPAGNE, TRANQUILLE, ET PAS AVEC TOUS CES GENS QUI HURLENT AUTOUR DE MOI !!
VROA
ROA
DES GENS, MAIS QUELS GENS ? CE SONT PAS DES GENS...
CE SONT DE GROS MALAAAAAADES !! HA, HA, HA !!!
?!
VROO
QUE... YEAAAAAAAH !!!!

VOGUE TYRES
J'AI 25 ANS, J'AI COMMENCÉ À 8, ET JE N'ARRÊTERAI JAMAIS. ÇA, C'EST LE SEUL MOYEN DE S'ÉCHAPPER DANS SA TÊTE.
PEU IMPORTE TA CONDITION, TU MONTES SUR UNE BÉCANE, PLUS DE SOUCIS. TU TE SENS BIEN, TU TE SENS EN SÉCURITÉ, TU TE SENS TOI-MÊME. NO TROUBLES, NO WORRIES.
C'EST LA MÊME CHOSE POUR MOI, KOOLGA. DIFFÉREMMENT, MAIS MA VIE EST AUSSI SUR UNE MOTO.
ON VOULAIT TE PARLER DE MASON GREEN, TOI QUI CONNAIS TOUT LE MONDE. EST-CE QUE TU AS ENTENDU DES CHOSES SUR CE TYPE ?
BAH, C'ÉTAIT UN TOXICO QUI SE FOURNISSAIT AVEC LA SIXTH STREET EN ÉCHANGE DE QUELQUES MOTOS. SON PÈRE TIENT UN GARAGE, MAIS IL A DISPARU IL Y A QUELQUES JOURS.
CLIVE Y EST ALLÉ EN SE FAISANT PASSER POUR UN ANCIEN CLIENT AMI DU PÈRE. CE DERNIER A VENDU LE GARAGE ET A DISPARU, IMPOSSIBLE DE LE JOINDRE.
LE NOUVEAU PROPRIO, IL RESSEMBLE AUTANT À UN GARAGISTE QUE MOI À UNE DANSEUSE ÉTOILE.
LE DARON A VENDU ? PARCE QUE SON FILS EST MORT, SÛREMENT !
VOUS DEVRIEZ ALLER VOIR ODIS MOTLEY.
QUI EST-CE ?
UN ANCIEN MÉCANO QUI A TAFFÉ CHEZ LE PÈRE GREEN PENDANT DES ANNÉES. IL POURRA PEUT-ÊTRE VOUS EN DIRE UN PEU PLUS QUE MOI.
MERCI KOOLGA ! C'ÉTAIT UN PLAISIR, CETTE "RIDE" AVEC TOI !
ON A CHILLÉ GRAVE, RUTHLESS ! ET TA P'TITE BLONDE NE SE DÉBROUILLE PAS TROP MAL !

BON SANG ! VOUS NE VOULEZ TOUJOURS PAS NOUS DIRE QUI NOUS A APPELÉS POUR SIGNALER LA DISPARITION DE VOTRE PATRON ?!
QUAND A-T-IL DISPARU ?
JE... JE NE SAIS PAS, DEUX OU TROIS JOURS.
MONTREZ-NOUS SON BUREAU !
REGARDE-MOI CE BAZAR !!
ON DIRAIT QUE NOTRE AMI EST PARTI UN PEU TROP PRÉCIPITAMMENT !
TU AS VU LES DEUX MALABARS AU FOND PRÈS DES VOITURES ? ILS N'ONT PAS VRAIMENT LA TRONCHE DE MÉCANOS !
QUE... ?
ORLAND, REGARDE ÇA.
Walton Larker
C'EST UNE BLAGUE ?!

AU MÊME MOMENT...
J'AIMERAIS BIEN SAVOIR CE QU'IL SE PASSE.
MÊME SUR INTERNET, ON NE TROUVE RIEN.
IL DOIT Y AVOIR UNE EXPLICATION.
?
CE TYPE-LÀ, ODIS MOTLEY, IL AURA SÛREMENT UNE EXPLICATION.
TU VEUX QUE JE TE REDONNE SON ADRESSE, INDY, OU ÇA IRA ? JE PEUX TE GUIDER AVEC LE...
C5238M
?!!
INDY, QU'EST-CE QUE TU FAIS ?!!
T'AS PÉTÉ UNE DURITE OU QUOI ?!

C'EST BON, JE LES AI SEMÉS...
TU SÈMES SURTOUT LE DOUTE SUR TON ÉTAT MENTAL, OUI !!
UNE VOITURE NOIRE NOUS SUIVAIT, ET JE SUIS À PEU PRÈS SÛR QUE C'EST CELLE DU TYPE QUI A MALMENÉ ONCLE CHRIS...
UN PEU PLUS TARD...
CE N'ÉTAIT PAS NET, CETTE AFFAIRE.
PAS "NET" ? POUR QUELLE RAISON, MONSIEUR MOTLEY ?
JE NE SAIS PAS, L'AMBIANCE ÉTAIT ÉTRANGE. ET J'AVAIS TOUJOURS CETTE SALE IMPRESSION QUE QUELQUES EMPLOYÉS N'Y CONNAISSAIENT PAS GRAND-CHOSE EN MÉCANIQUE, MAIS ÉTAIENT PLUTÔT LÀ POUR SURVEILLER TOUT LE MONDE.
JONATHAN GREEN A RACHETÉ LE GARAGE À UN CERTAIN WALTON LARKER.
OUI, OUI, J'ÉTAIS DÉJÀ EMPLOYÉ À CETTE ÉPOQUE-LÀ. MAIS CE LARKER, ON NE LE VOYAIT PAS SOUVENT. IL N'EST PAS RESTÉ LONGTEMPS.
NOUS REVENONS DE LA CHAMBRE DE COMMERCE : AUCUN REGISTRE NE FAIT MENTION DE CE WALTON LARKER, NI DE CETTE VENTE.
POUR ÊTRE PLUS CLAIR, CE TYPE N'EXISTE PAS.

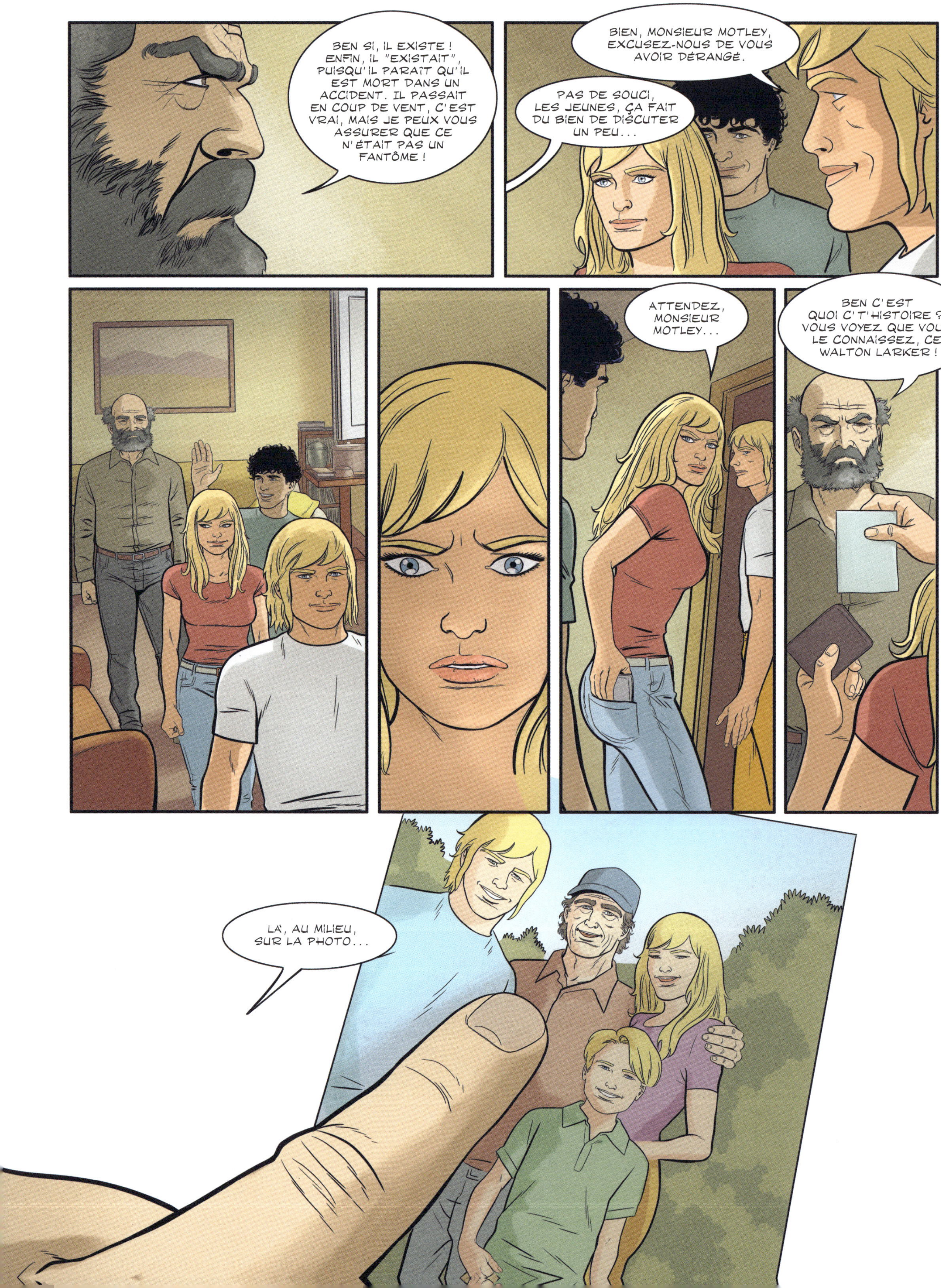
BEN SI, IL EXISTE ! ENFIN, IL "EXISTAIT", PUISQU'IL PARAÎT QU'IL EST MORT DANS UN ACCIDENT. IL PASSAIT EN COUP DE VENT, C'EST VRAI, MAIS JE PEUX VOUS ASSURER QUE CE N'ÉTAIT PAS UN FANTÔME !
BIEN, MONSIEUR MOTLEY, EXCUSEZ-NOUS DE VOUS AVOIR DÉRANGÉ.
PAS DE SOUCI, LES JEUNES, ÇA FAIT DU BIEN DE DISCUTER UN PEU...
ATTENDEZ, MONSIEUR MOTLEY...
BEN C'EST QUOI C'T'HISTOIRE ? VOUS VOYEZ QUE VOUS LE CONNAISSEZ, CE WALTON LARKER !
LÀ, AU MILIEU, SUR LA PHOTO...

JULIE WOOD SAISON 1

L'INTÉGRALE EN 3 TOMES

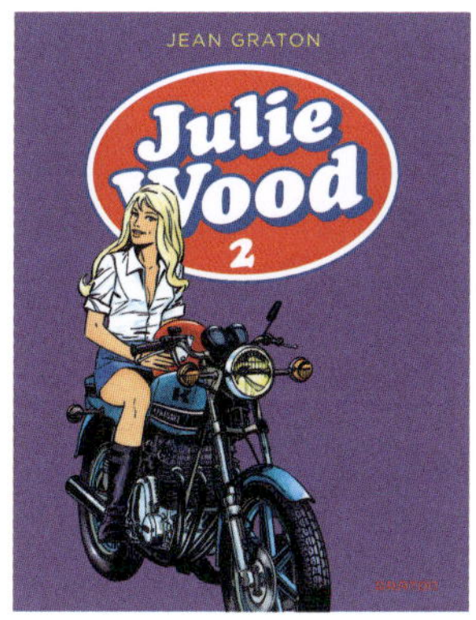

JULIE WOOD SAISON 2